KU-746-488

贺奕／著

五道口

贴吧故事

Cardiff Libraries
www.cardiff.gov.uk/libraries
Llyfrgelloedd Caerdydd
www.caerdydd.gov.uk/llyfrgelloedd

ACC. No: 02724132

图书在版编目（ＣＩＰ）数据

五道口贴吧故事 / 贺奕著 ． -- 北京 ： 中国言实出
版社， 2015. 11
ISBN 978-7-5171-1667-7

Ⅰ． ①五… Ⅱ． ①贺… Ⅲ． ①长篇小说－中国－当代
Ⅳ． ① I247. 5

中国版本图书馆 CIP 数据核字（2015）第 272026 号

责任编辑：王战星

出版发行	中国言实出版社
地　　址	北京市朝阳区北苑路 180 号加利大厦 5 号楼 105 室
邮　　编	100101
编 辑 部	北京市西城区百万庄路甲 16 号五层
邮　　编	100037
电　　话	64924853（总编室）64924716（发行部）
网　　址	www. zgyscbs. cn
E-mail：	zgyscbs@263. net
经　　销	新华书店
印　　刷	北京艺堂印刷有限公司　　　010-61539678
	（如发现印装质量问题，请与印刷厂联系调换）
版　　次	2016 年 3 月第 1 版　　2016 年 3 月第 1 次印刷
规　　格	880mm×1230mm　　1/32　　7　印张
字　　数	163 千字
定　　价	36. 00 元　ISBN 978-7-5171-1667-7

版权所有，侵权必究

前言

小说的异度空间

网络上有一种流行的说法,把北京的五道口称为"宇宙中心"。其来由不可考。附会者往往列举此地坐拥众多名门学府和巨头公司、聚集上百国家留学生、多元文化交汇等等,但即便我生活在这里 20 年,最近距离目睹它从敝陋到繁华的神奇演化,依然觉得这一称号不过是网络上的笑谈,不足为信。

网络世界是现实世界的异度空间。如果说在网络上五道口是宇宙的中心,那或许并没有错。网络本无所谓中心和非中心,因为任何一点都可成为中心。

然而,当我把网络时代的五道口作为小说的故事背景,当我把生活在这里、俯仰之间随时切换于网络和现实两个"平行宇宙"的人们拉进小说中时,我发现再用常规的观念和样式,已很难写出它博大而幽微的神韵。

于是,我在这个系列小说中进行了形式上的种种尝试,大部分都跟网络有关。

在我看来，小说的外在形式完全可以成为小说的另一维度，或者说给小说添上一根新轴。小说的外在形式可以成为小说意蕴的必要组成部分。它可以把一篇小说从单面的变成双面的，甚至更多面的，从二维的变成三维的，甚至更多维的。

与不少人忧心忡忡地断言网络正在摧毁纯文学的悲观论调相反，我倒认为网络并非纯文学的敌人。相反，网络以及电子媒介的出现，恰恰可以为文学的自新提供更多的可能，甚至赋予小说此前一直存在于人们空想中的某种真正的"空间形式"。

这是属于小说的异度空间。它意味着从视觉上对小说的解放。在我看来，这样一种思维，或许能带来小说书写和呈现方式上的革命。

譬如，现时的电子书不过是将纸质书的内容平移到电子媒介上，且以尽可能逼真地模拟纸质书、消除读者接受上的不适感为己任。但相信不久将来，电子书一定会充分利用电子载体的表现特性，产生更多形式上的变化。不是说纸质书将被彻底取代以至消失，但一定会出现只能存在于电子媒介，而无法转换到纸面的文学作品，也一定会出现专门写作电子书的作家。

既然康定斯基能用纯粹的线条和色彩作画，从而开辟了现代艺术的一方新域；既然杜桑能将小便池搬进美术馆，由此重新界定了艺术品的概念；既然斯皮尔伯格预言未来的电影将取消荧幕，马丁·斯科塞斯也推想未来的人们将用闻所未闻的技术观影，文学作品的表现形式，也没有理由继续躺在千百年来一成不变的固有模式上。

而这个系列中的某些篇目，假如放在网络或电子媒介上加以呈现，一定会更贴切，也更有趣。

当然，推重形式上的创新，并不代表要以此为尺度去衡量文学价值的高下。即便科技的进步能为小说提供真正具有空间性的外壳，后者存在的唯一理由，也只能看它是否与小说的内容天然而完美地契合，看它是否使小说的意蕴得到更丰富也更生动的体现。最理想的效果是，形式的新颖能够率先激起读者的阅读兴趣，但当读者读完整部作品后，却会跳出形式本身，沉浸在作品营造的氛围中，为其描写的人物、讲述的故事和表现的内涵所打动。

小说亘古不变的根基，依然在此。而形式创新的可能性，也将是无穷无尽的。

转回头来，目前的这个系列小说，只是朝着我所说的方向打开了一个小小的缺口。但哪怕它小到只有针眼那么大，穿过去也可望一片浩瀚的天地。

贺奕

2015 年 9 月 30 日

目录

Contents

五 道 口 贴 吧 故 事

關　注

本报3月13日讯　误会澄清，前日出现在海淀公园西门的两男一女系从事非法性交易，并非五道口绑架案的三名涉案人。记者随后从秦大爷儿子口中得知，老秦根本不是什么退伍军人，也从没当过保卫干事，他从前其

军服和
纯属胡
居然讹
以为真

新消息
抓获。
地产公
此绑架
机关敲
做地投

五道口贴吧故事 _001

@随处是终点   12-10-20   18:46

　　三天前发生在本地王庄小区的命案，相信大家都有耳闻吧？虽然迄今为止没有一家媒体作过报道，坊间的各种传闻却早已沸沸扬扬。毕竟，单凭死者是位年轻貌美的俄罗斯女孩这点，就足以激发人们对于案情的无穷猜想了。

一个故事的两面 _029

删掉了和边俊往来的所有短信后，晏妮担心周雨微还会继续受他蒙蔽。毕竟这事也有自己的责任，不能放手不管。她在五道口周边转悠半天，终于找到一家鲜花礼品店，一进门便料定站在收银台后冲她微笑，腕上戴着一串蜜蜡佛珠的少妇就是周雨微。

匿名发件人 _053

嗨，美女好！真是有缘啊，摇一摇居然摇到了一百米内的你。五道口这半条街上全夜店酒吧咖啡馆，莫非你跟我一样，也孤身一人在其中的哪家消愁解闷？我就在雕刻时光挨着窗边坐，要不见个面认识一下？

微博直播追凶案 _079

@透明色：今早，一位来五道口上班的年轻女孩走出城铁站时，无意中听到路边有位三十多岁的男子在咬牙切齿地自语："等着吧，老子叫你们统统活不过今晚……"当时女孩还以为此人是个疯子，直到在公司楼下看到警方贴出的一纸通缉令，才惊觉刚才遇见的正是照片上的杀人凶犯。（点击看通缉令大图）

疑案剪报 _097

　　本报 3 月 7 日讯　北京号称首善之区，五道口又是人文荟萃之地，按理说本该一派升平祥和气象，然而不幸的是，一桩令人发指的罪案竟在这里公然上演。

卖狗肉的宠物店 _121

无比震惊，令人发指，五道口又出大事了！今天一早，我带着小皮诺参加一家名叫萌萌哒宠物店的开业典礼，去的时候满心欢喜，一来是冲着广告上说的豪华大礼包，二来也想让小皮诺瞧瞧热闹。万万没料到，到头来礼包没拿着，心却给伤透了！

　　三天前发生在本地王庄小区的命案，相信大家都有耳闻吧？虽然迄今为止没有一家媒体作过报道，坊间的各种传闻却早已沸沸扬扬。毕竟，单凭死者是位年轻貌美的俄罗斯女孩这点，就足以激发人们对于案情的无穷猜想了。

五道口贴吧故事

以下文字均摘自网络

@随处是终点　12-10-20　18：46

　　三天前发生在本地王庄小区的命案，相信大家都有耳闻吧？虽然迄今为止没有一家媒体作过报道，坊间的各种传闻却早已沸沸扬扬。毕竟，单凭死者是位年轻貌美的俄罗斯女孩这点，就足以激发人们对于案情的无穷猜想了。之前看过网上关于这起案子的一些讨论，但说实话，其中大多是在编故事或猜谜，鲜有真材实料。在这种情况下，我也只能将几天来的道听途说罗列出来，与大家一起研究探讨，目的无非是尽可能揭开真相，让凶手早日归案，让亡魂在九泉之下早日安息。当然，要是大家觉得我是在胡说八道，那就权当听故事好了。

　　关于案子的定性，也就是死者的死因到底是什么，警方至今没有给出一个明确的说法，至少就我掌握的信息来看是这样的。

死者名叫柳芭，25岁，在王庄小区租房不到半年。她的房东是位独身老人，退休前为某国营工厂总工程师，就住女孩同一单元的楼下。据说案发当晚，老人有事上楼去找女孩，发现房门虚掩，推开进去，见她倒在血泊中已经断气，当即报警。虽然派出所和分局刑警大队接案后迅速派员封锁现场，并对部分围观居民和闻讯赶来的几位记者拒绝透露任何信息，关于女孩死相骇人的议论还是不胫而走。据说这位金发碧眼、身材高挑的柳芭，被发现时赤身裸体，双手用布条绑缚在床架上，嘴里塞满一团纱巾，而一个断开的啤酒瓶的上半截倒插在阴道里，身下的大半张床单都被鲜血浸透。需要特别点明的是，那半截啤酒瓶一直插入到瓶颈下的弧形部分，并且竟然没有去掉瓶盖。

依上所述，似乎很容易得出结论，这位女孩是先遭强暴，然后被虐杀的。然而警方迟迟没有结案，说明案子的内情有可能比表面呈现的更加复杂。

想知道大家对此怎么看。

@蓝色冰皮　12-10-20　19:07

怎么看？我饭都吃不下了。

@猴头菇　12-10-20　19:31

我也住五道口，怎么没听说过这事？

@好奇号火星车　12-10-20　20:08

迄今为止没有一家媒体作过报道？一定是有关部门下了封口

令吧？

@霸气外漏　12-10-20　22:41

　　五道口是全北京老外最扎堆的地方，出点这种事再正常不过了。

@穿云线　12-10-20　23:01

　　作为长期热爱悬疑推理故事的美剧迷，说点个人看法，本案毫无疑问是谋杀，尽管警方到现在还没确认。警方可能有怠慢，有不重视，但绝不是傻子，该调查的一定会去调查，该暂时不公布的就不公布。不了解办案经过的人最好闭嘴。

@美得想毁容　12-10-21　06:19

　　淡定围观，坐等真相。

@随处是终点　12-10-21　20:46

　　这两天不时听到有人说，要换别的地方也就罢了，在五道口出这样一件事一点都不奇怪。那好吧，我也抛开案子先来说说五道口。

　　五道口的得名，缘于此地是从前的西直门火车站，现在的北京北站向北出京方向第五个道口。20 世纪最后十年，当这儿还是一片暴土扬尘、遍地矮旧平房的城乡结合部时，便一度以地下摇滚中心、盗版碟和打口唱片的销售窝点、冒牌服装的集散地名噪京城，成为众多追逐新潮的年青人心向神往的一方圣土。那时，围绕以各国留学生为主体的语言学院，周边遍布着廉价地摊、倒汇黑市、满墙涂鸦的夜店、熙熙攘攘的服装大棚、各形各色的中西餐馆，充斥着长发披肩的艺术家、三五成群的朋克党、穷困潦倒的北漂族、一心勾搭洋妞的小痞子和倚门揽客的发廊妹。直到新建的轻轨穿空而过，沿街的棚户区被逐片拆除，才代之以如今蔚为壮观的一座座高楼拔地而起。与此同时，学院周边经过治理，曾经风光无限的韩国街和各种饭馆小店都被荡除一空，辟成用水泥和铁栏圈起的绿地。今天的五道口早已失去特色，沦为一片再平庸不过的商业区，仅有路边零星点缀的外文招牌，大街上不时飘过的不同肤色的面孔，还能让人依稀捕捉到逝去年代的余光流韵。

但话说回来，现今的五道口繁荣归繁荣，却并没有因此变得平静。不久前北京市公安局公布的治安最差十大地区中，五道口赫然在列。在这里，酒吧中的醉酒斗殴几乎夜夜上演，街角某处随时可能在进行隐秘的毒品交易。所以，我也不得不承认，在五道口出任何案子确实都无须大惊小怪，不因为别的，就因为这儿是五道口。

@猴头菇　12-10-22　09:07

怪我孤陋寡闻了，原来五道口还有这么一段历史呢！

@美得想毁容　12-10-22　11:18

楼主你到底什么意思？先说这案子复杂，然后又说没什么奇怪，你东拉西扯的是什么目的？莫非是想把水搅浑，转移视线？说不准你就是凶手呢，呵呵呵。

@霸气外漏　12-10-23　01:23

那会儿的五道口，绝对是北京第一潮地，哪有西单、三里屯和后海什么事啊。

语言学院里就连烧锅炉的，商店卖东西的，全找的洋蜜。都剩回忆了。

@羽衣天使团　12-10-23　14:34

［发起投票］喜欢五道口的理由（最多可选两项）：

时尚的服装

个性的小店

漂亮的小妞

多元的文化

……

@只爱下跳棋　12-10-23　19:19

求证：本人就在五道口的东升大厦上班，昨天刚好听楼上另一家公司的朋友说起，跟他同部门的一个名叫余麦的家伙几天前被警方抓走了。推算时间，应该就在俄罗斯女孩出事之后。反正这家伙到现在没再露面，打他的手机也总是关机。朋友说这家伙一向吊儿郎当，爱在网上勾搭女孩，跟同事一聊起跟性有关的话题就特别来劲，貌似在那方面很有经验的样子。

不知道此人会不会跟本案有关？

@好奇号火星车　12-10-23　20:12

如果真是这个余麦干的，那警方为什么到现在还不宣布破案？

@呀咿呀123　12-10-23　21:49

这事这么受关注，不就因为死的是个老外吗？要是换成中国人，只怕早就遗忘到不知哪个犄角旮旯儿去了吧。

@流云只从天外来　12-10-23　22:36

本人是从事法律工作的，虽说所在岗位与这案子八竿子打不着，但凑巧通过内部渠道听说了跟案子有关的一些情况。就网上来看，目前争论最多的，无非是犯罪嫌疑人到底是个什么样的人，与死者之间到底是什么关系。本人姑且从各种可能的作案动机入手，作点儿粗浅的分析。

第一，为财。犯罪嫌疑人本意是想入室行窃，很可能事先踩过点，知道这里住的是位外国女孩，满心以为比一般国人有钱，想要大捞一票，结果闯入后意外遭遇女孩，于是残忍地下了毒手。问题是，小偷再笨也该想到吧，一个租住在连电梯都没有的老式单元楼里的年轻老外，能有多少可偷的家当？再退一步，就算犯罪嫌疑人是流窜作案，闯入纯属偶然，为了杀人又何必如此大费周折呢？另外，据说屋内并无任何翻箱倒柜的迹象，也没有发现财物损失。因此，这一可能性基本可以排除，最多1%。

第二，为性。本人虽从未见过柳芭，但坊间传说足已为本人脑补柳芭漂亮的面容、挺拔的乳房和婀娜的体态。可以想象，当柳芭这样的天生尤物出现在眼前，多少男人心头的欲念之火会被熊熊点燃。不排除其中某人兽性难捺，寻机闯入柳芭家中将其强暴。但是，难道说犯罪嫌疑人在得到满足后并不急于杀人灭口，从速逃离现场，竟然还有闲心用啤酒瓶来慢慢折磨柳芭致死吗？另据内部流出的消息，警方之所以迟迟不能结案，是因为在柳芭体内并未找到任何男人的精液。果真如此，则这一可能性会大大减低，只占20%。

　　第三，情杀。或许是追求遭到拒绝，或许是恋情走到尽头，总之其中被抛弃的一方因爱生恨，以至采取此种极端手段。鉴于这是男女关系中屡见不鲜的一种情形，警方肯定已排查过与柳芭关系密切的所有男人，如果再把柳芭有可能是同性恋的因素考虑进去，说不定也排查过与她关系密切的所有女人，只是有何发现暂时还不清楚。这一可能性无疑最大，只是作案手法的稍显离奇让它打了折扣，50%。

　　第四，仇杀。犯罪嫌疑人与柳芭结怨甚深，已到不把她除掉不能解心头之恨的地步。但是，一个来华不过区区两年、看上去没有任何特殊背景的小姑娘，如何能把人得罪到这步田地呢？当然网上也有人说，柳芭和犯罪嫌疑人之间是妓女和恩客的关系，那就只能另当别论了。这一可能性不能说没有，10%左右吧。

　　第五，性虐游戏，也就是常说的SM。本人无意冒犯死者，但从对现场的描述来看，柳芭很像是为追求极度性快感跟人玩过了头，不幸弄伤下体，失血过多而死。玩伴应当跟柳芭相熟，甚至就是她的相好，只不过出事之后因畏惧担罪而逃逸。假设柳芭之死真是施虐一方的玩伴失手所致，那是否还能确认为他杀？受虐一方的柳芭，是否也该为自己的死承担部分责任呢？这一可能性在本人看来，反倒不容轻忽地相当之大，30%到40%。

@金五斗　12-10-23　22:59

　　哦，反正外国人在床上干出任何事都不会让我吃惊，中国人在这方面还是差远了。

@长相思摧心肝　12-10-24　02:28

　　总之是客死异乡，可怜的女孩！

@柠檬酸 de 味道　12-10-24　13:30

　　这事也犯得着拿来讨论？那女孩是什么货色难道不是明摆着的吗？出卖自己也就罢了，还用这么变态的方式，叫我说她就是自己作死。

@蓝色冰皮　12-10-24　14:04

　　人都死了，还这么埋汰人家，就不能有点同情心吗？

@劈果子　12-10-24　14:42

　　个人觉得除上述种种外还遗漏了一种可能，就是死者生前染有毒瘾，因无力偿还购买毒品的高利贷才被毒贩杀害。真相有时就这么简单，一点儿都不复杂，当然这要等看到验尸报告才能下定论。

@爱的微量元素　12-10-24　15:11

　　五道口的水可不是一般深。说不定警方已经破案，但出于某种原因不得已隐瞒，比如说案子背后牵动着国与国的关系？

@随处是终点　12-10-25　21:14

　　感谢各位的支持和分析。如果警方一直没有停止对此案的调查，希望大家的集思广益能给他们的侦查工作提供一点儿帮助。有些朋友说话不太礼貌或很武断，在此一并笑纳，但必须强调的是，没有真凭实据的支持，一切都只能停留在空谈上。

　　趁这两天略有余暇，我带着自己和大家的种种疑问进行了一番实地调查，走访了王庄小区的一些居民，也与那位房东老人有过近距离接触，甚至试图进入柳芭生前的住处一探究竟。虽然最后一项未能如愿，但还是掌握到一些很有价值的信息，发出来供大家参考。

　　先说柳芭。网上一直有种声音，认为柳芭从事的是那种为人所不齿的职业，且还援引各地扫黄行动中时常有俄罗斯籍妓女落网，就连俄罗斯《消息报》不久前也承认在中国约有六千名本国性从业者作为例证。但我获悉的事实足以粉碎这一说法。柳芭曾就读于莫斯科大学汉语专业，因成绩优秀获得了来华留学一年的奖学金，之后便留在北京，在几家与俄罗斯有贸易往来的中国公司兼职当翻译。但凡与柳芭有过接触的人，都毫无二致地认为她是位性格开朗、待人热情的女孩，虽然交友观念比之一般中国女孩来得开放，身边的异性朋友较多，但在性方面绝非来者不拒，说她靠出卖身体挣钱更是十足的污蔑和侮辱。

再说房东。这位前国营工厂的总工程师，堪称我平生见过的气质最儒雅的老人，至少就表面印象来说是如此。当初还在住房实行分配制度的年代，他的一套两居没有达到应享的标准，于是又在同一单元的楼上补了一套一居给他。十年前工厂改制成私营企业，老人因受新老总的排挤被迫提前退休。从那以后，他的退休工资几乎一直没涨，时至今天都很可能只跟普通大学毕业生的起薪不相上下。尽管老人一直未婚，没有家庭负累之说，但估计面对飞涨的物价也备感压力，所以近些年才将那套一居用于出租。半年前前任租户退租，老人再次贴出广告，结果接下来的几天里求租的人踏破了门，最后老人却选择了出价最低的柳芭。老人年轻时学的俄语，达到堪称精通的地步，尤爱听俄罗斯原文歌曲，因此对柳芭有种天然的亲近感。这一老一少、一中一外两个人，很快就超越了一般房东和租户之间仅仅建立在金钱来往和设施维修上的关系，尤其是老人，平时对柳芭照顾有加。出事那晚，他正好兴冲冲地带着自制的俄式腌黄瓜上楼去请柳芭品尝，却发现她竟已遇害。随后，据说老人家里的灯光彻夜未熄，一台老式录放机里的俄罗斯歌曲一直放到天亮，都是他那个时代的人们耳熟能详的经典曲目，譬如《小路》、《三套车》、《喀秋莎》、《纺织姑娘》、《伏尔加船夫曲》、《莫斯科郊外的晚上》等等。从那天起，老人犹如失去了至亲至爱的人一般，变得失魂落魄，神思恍惚。我曾亲眼目睹有小区的居民在他出门散步时上前搭话，似乎想打听一点儿有关柳芭的情况，但老人只用他那仿佛已融化在悲伤中的目光缓缓一扫，对方就不得不识趣地收住了话头。

至于那个叫余麦的，据我了解确实认识柳芭，因此他的被抓应该是跟案情有关。但为什么警方至今没有公布他就是凶手，估计一可能是他本人拒不认罪，二可能是警方尚未找到铁证。呼吁熟悉和认识此人的朋友如有可以提供的线索，比如案发当晚他的行踪和随后的动向等等，都可及时向警方通报，以便协助本案早日告破。

@ 小手插兜　12-10-25　22:00

　　如果叫余麦的真是凶手，警方出于某种原因又暂不公布，大家在这里分析来分析去的不都是瞎忙活吗？还是先把这人的底细查查清楚吧，必要的话不妨全网人肉。

@ 土肥圆　12-10-25　22:19

　　楼主还去实地调查了？叫我说就是闲得蛋疼。

@ 夏花薰　12-10-26　04:33

　　楼主心思细密，分析合理。很为女孩惋惜，期待凶手早日归案。另外，只爱下跳棋朋友，你有没有更多余麦的背景资料？

@ 富少 426　12-10-26　06:19

　　严重感觉这位房东有作秀嫌疑！

@ 蜡笔小熊　12-10-26　08:31

　　死过人的凶宅这下不容易租出去了，伤心总是难免的。

@ 红先黑后　12-10-26　10:03

　　这里人杂，楼主不必理睬那些低素质和无聊的人。

支持楼主进入死者房间展开调查，说不定能发现警方遗漏了的线索。如果能绘出房间和楼层的平面图，将更便于分析。当然，也希望届时能带上相机，从各个角度对房间多拍些照片，可能的话最好弄张这位漂亮女孩本人的照片发上来，作为遗照供大家瞻仰纪念。

@ 夏花薰　12-10-26　13:33

凶手只有余麦一个吗？会不会是团伙作案？如果他们有人碰巧也看到了这帖子，那楼主再去会不会有生命危险啊？

@ 只爱下跳棋　12-10-26　19:57

看网上不少人关注起这个余麦，我今天特意跟我那位朋友，也就是他的同事共进午餐，借机摸了一下这家伙的情况。一点儿没错，此人确实跟遇害女孩认识，看来十有八九是因为涉案才被警方拘捕的，要不然也不会直到今天还不见人影。

余麦家在外地，早年父母离异，他是跟着做小生意的母亲长大的，可能因为家庭破裂的关系，性情有些乖张甚至叛逆。他的学习成绩一直不佳，勉强考上一所当地的三本大学，学的还是用他自己的话说"无聊透顶"的信息管理与统计专业，毕业后辗转来到北京谋生，换过好几份工作，几个月前才进入现在这家公司。

按朋友的说法，余麦跟柳芭的关系稍有一点儿曲折。前段时间余麦一直在追隔壁广告公司一位名叫简馨的女孩。后者也是外地人，据说家境颇为优越，但她从名牌大学毕业后却选择留在北京发展，因为人长得漂亮，工作能力又强，追她的优质男人一大把，自然没把一无所长的余麦放在眼里。可余麦这小子就是脸皮超厚，尽管在简馨面前屡碰钉子，却偏偏不肯放手，每次上下班或午饭时间遇上，照样会腆着脸凑上去搭讪。要说简馨姑娘心地还挺不错，当着别人不好驳他的面子，有时就有一搭没一搭地敷衍两句。不久前，简馨的公司要跟一家俄罗斯公司商谈一个合作项目，没有翻译，临时请来柳芭，两位女孩因此认识并很快成为好友。两人时常一起外出吃饭逛街，柳芭还介绍简馨认识了那位房东老人，据说简馨对老人的风度、涵养和学识大为叹服，甚至笑言若是早生二三十年定非老人不嫁。不久前某天的下班时分，简馨和柳芭一起下电梯时正好遇上余麦，柳芭邀请简馨参加周末晚上在她住处开的派对，见余麦和简馨很熟的样子，就顺便邀请了他。余麦自然满口答应，结果那晚他去了，简馨却没去，显然就为避开他。朋友分析那场派对很可能成为一个转折点，余麦从此抛开简馨，转追柳芭。至于后来的故事是怎样发展的，朋友说不得而知，兴许只有看过警方的审讯报告才能知道。

@迷醉 AI 琳　12-10-26　20:31

　　老人的魅力真有那么大吗？膜拜中。

@劈果子　12-10-26　21:01

　　说一下个人分析：余麦追简馨失败，转追她的好友柳芭，一来是为排遣心头郁闷，二来也是想刺激一下简馨。他的这种心理，在男女三角关系中司空见惯，不足为奇。但他弃简馨追柳芭，难度未必减小。试想连个土妞都搞不定，还去打洋妞的主意，岂不是有些不自量力？结果只能是自取其辱。余麦的性情估计本来就很孤僻抑郁，再遭拒绝后一时失去理智，杀掉柳芭泄愤，似乎也是顺理成章的事情。

@随处是终点　　12-10-26　22:26

　　看到网上有人在恶意嘲笑贬低老人，我感到十分愤怒，觉得有必要将了解到的实情告知大家，以正视听。是这样的，老人年青时在北京上的大学，毕业后分配到他一直干到退休的那家国营工厂当技术员。据一位曾计划报道这起案子并采访过他昔日同事的记者说起，他不光工作中兢兢业业，生活态度也非常严谨，业余时间很少花在娱乐和应酬上，总喜欢一个人待在宿舍读俄文原著。五十年代厂里分来一位苏联专家，他因俄语水平高被指派为专家的翻译兼助理。这位专家把他妻子和一位天仙般的女儿（同事还记得名叫娜塔莎）一起带到了中国，于是他很自然地有机会与这一家三口朝夕共处，并渐渐与娜塔莎之间暗生情愫。碍于当时涉外工作的严格纪律，他一直没有向她表白，两人的感情始终停留在若有若无、似近还远的混沌状态。没过多久，中苏关系破裂，苏联一夜间撤走全部专家，娜塔莎也不得不跟随父母回国，一对年轻璧人尚未破土的恋情就此戛然夭折。接下来的岁月里，虽然一表人才的他依然是许多姑娘心仪的对象，为他作介绍的人也络绎不绝，但他从此对所有异性关上了心门，似乎已下定决心要孤独终老。

　　可以想象，当柳芭出现在求租者的行列，老人很可能眼前一亮。和娜塔莎来自同一国度，同样有着金发碧眼，说不定外貌还有几分神似的柳芭，或许在一瞬间如电光火石般复活了老人心中娜塔莎的形象。在我看来，这就是为什么他会同意把房子租给出价最低的柳芭，这也是为什么以后的日子他会给予柳芭情同父女般的照顾。或许他把柳芭当成了上天为弥补他年轻时的感情创伤，而赐给他晚年的一件礼物吧。总之，柳芭之死带给他的痛苦绝对是真实的，无可置疑的，说他如同失去至亲至爱的人一样，一点儿都不为过。

@美得想毁容　12-10-26　22:35

　　楼主又说跑题了。这事跟你本无一点儿关系，你那么起劲儿到底是为什么？把自己弄得跟个蹩脚侦探似的，不累吗？

@流云只从天外来　12-10-27　09:36

　　大家不用再作无谓的讨论了。本人刚通过内部渠道获得一条绝对可靠的消息：死者在案发当晚曾给余麦发过一条短信，内容大概是"现在能过来吗？我等你"之类，警方正是根据这条短信才将余麦列为头号犯罪嫌疑人。在搜查余麦租住的房子时，警方还从电脑硬盘上发现大量色情图片和视频，其中果然就有SM方面的内容。种种证据都指向余麦就是杀人凶手，至于究竟是有意杀人还是过失杀人姑且不论，但余麦本人却矢口否认案发当晚到过柳芭住处。据说警方目前正在对案件现场提取的证物进行DNA检测，估计很快就能取得突破。

@劈果子　12-10-27　11:02

　　是否有可能是嗑药后性爱？据说强烈的刺激会让人体的痛感麻木，还会导致脚弓反张等肢体扭曲现象，甚至猝死。

@好奇号火星车　12-10-20　20:08

　　难道王庄小区里一个监控探头没装，查不出那天晚上都谁进出过？

@一口价的票贩子　12-10-27　11:04

　　还得多久才破案啊？警方的办事效率也太低了吧？

@蝶恋　12-10-27　12:41

　　还有什么好说的，肯定是余麦杀的。受父母离异影响，性情孤僻叛逆的人都控制不了自己的情绪，很冲动的。顺路说下，本人是刚刚拿证的二级心理咨询师。

@随处是终点　12-10-28　13:16

　　案子终于告破，令人意外的是凶手并非余麦，而是另有其人。

　　说起来，警方还是根据房东老人提供的线索，对柳芭生前关系密切的男人逐一排查，同时与现场提取的 DNA 信息进行比对，最终确定凶手是个外号水哥的年青人。

　　水哥是北京本地人，无业，靠着家境殷实无须为吃喝用度发愁，常年混迹于五道口，专以泡妞为乐。他和柳芭相识于五道口最负盛名的五角星酒吧，当时趁着柳芭酒后乱性，将她带回家里发生了关系。或许柳芭的性观念原本就相当开放，这样的一夜情对她来说算不了什么，事情过后她依然大方地与水哥继续保持普通朋友的交往，还邀请他参加了在她住处举办的派对。但开了洋荤的水哥无法忘怀与柳芭共享床第之欢的销魂滋味，频频纠缠她，一心想和她再续前缘。案发当晚，不甘心一再遭拒的水哥径直闯入柳芭住处，声称自己已疯魔般地爱上她，接着就对她动手动脚。

柳芭在奋力挣扎的同时想要呼叫，水哥只好紧紧扼住她的喉咙，直到发现她已窒息而死。随后水哥为了脱罪，心生一计，敲断一个啤酒瓶，将柳芭装扮成因玩 SM 失控而死的样子，又想起前不久在她开的派对上见过外表张扬的余麦，以为同样是她的追求者，便从她手机上找到此人号码发了一条挑逗性的短信，离开时还虚掩房门，以便后者到来时可以通行无阻。

案情的真相就是这样。

据悉，海淀分局刑警大队日前已将水哥捉拿归案，他本人对犯罪事实也供认不讳。

@ 蓝色冰皮　12-10-28　13:25

这帖子追了这么多天，结果大失所望。大家都散了吧。

@ 雪忍　12-10-28　13:44

南无阿弥陀佛。

@ 霸气外漏　12-10-28　15:43

水哥？没听说过，这种人渣在五道口排不上号。

@ 大龄公主　12-10-28　16:11

感觉楼主说的都是马后炮。

@ 只爱下跳棋　13-01-25　10:55

没想到帖子一沉就是两三个月，今天重新捞起，不知还有没有人对这起早已了结的案子有点余兴？

只想告诉大家，在那之后发生了一桩说大不大、说小不小的怪事，涉案的余麦和他先前一直追求未成的简馨，两个人居然好上了。余麦自被警方释放，回到了原来的公司，还是在简馨公司的隔壁，因此两人出双入对是有目共睹的。周围的人们都在议论纷纷，不知道心高气傲的简馨为什么会转变心意，更不知她到底看上了余麦那小子哪一点。曾有好几位男女同事带着同样的困惑当面问过简馨，但她总是淡然一笑，不作回答。

@小手插兜　13-01-25　22:11

哇，屌丝逆袭白富美啊！

@呀咿呀123　13-01-26　03:24

高傲的女人，为什么总容易栽在那些虚情假意、喜欢死缠烂打的坏男人手里呢？

@丹雪妮　13-01-27　23:01

世上的事，你不能只看表面，你要透过表面看本质。外表高傲的人，她的内心往往是自卑的，她是拿高傲来掩饰她的自卑。

@随处是终点　13-02-01　22:46

好吧，看到大家还在关注跟案子有关的人物，那我也来说说听到的后续故事。

网上种种对余麦和简馨的关系泼污水的说法，纯属无稽之谈。

有人说简馨在案发后一度也认定余麦就是杀人凶手，甚至在接受警方调查时交代了他品行不端的种种表现，后来得知他无罪获释又心生歉疚，于是再次见面时便答应了他的约会要求，这种说法还算接近事实，但并不是全部。据我了解，余麦是在登门向房东老人致谢时遇到简馨的，当时简馨去向老人了解柳芭在俄罗斯的家庭住址，以便把她留在公司的几件遗物和最后一笔当翻译的酬金转寄回去。应该说，简馨心怀歉疚确实是促成她跟余麦走近的原因，但当时她的想法不过是跟他出去喝杯东西而已，似乎是觉得以前在对他的看法上犯了过错，想要以此作为一点儿弥补。就在两人第一次约会的这天晚上，简馨向余麦道歉说："对不起啊，听说这事的时候，我还以为那天晚上你真去找了柳芭……"余麦本来打个哈哈就可以滑过去，可他偏偏认真地说："不，那天晚上收到柳芭的短信，我确实去找她了……"

　　下面据说就是余麦向简馨讲述的当晚事情的经过。

　　那天晚上余麦加完班，一个人在五道口城铁站旁的国际美食苑吃完晚饭，正在寻思接下来的漫漫长夜如何打发，就在这时收到了柳芭的短信。余麦的第一反应是既惊又喜，想必每一个处在跟余麦同样位置的男人，都会有同样的反应。试问以柳芭那样的天生尤物，有哪个男人抵挡得了她的魅惑呢？何况余麦还是单身，虽有心仪的女孩但屡遭拒绝，看起来毫无胜算，无论在情感上还是道德上都不存在任何对他应约的阻碍。从城铁站到王庄小区不远，余麦步行也就花了一刻钟。当然，与其说他这样做是因为情欲的驱使，倒不如说更多是出于好奇。为什么柳芭会毫无征兆地突然对他感起兴趣来呢？难道说他身上有种更容易吸引外国女人的魅力？他的心激动得卜卜狂跳，就想弄清这后面的原因。至于见到柳芭后到底会发生什么，他宁可暂且保持头脑的空白，并隐隐觉得这才是迎接生活中即将到来的惊喜的最佳方式。

大家知道，王庄小区都是那种没有电梯的老式居民楼，余麦沿着楼道拾阶而上，却听前面响起窸窸窣窣的脚步声，不由得屏息敛气，放慢速度。当快到柳芭所住的楼层时，只听她那张房门"吱呀"一声被推开，从屋内射出的光线将一个放大的男人的模糊身影投映到墙上，随即便听见房间里传来柳芭令人心旌摇荡的呻吟声，与她平时说话的腔调相比，明显多了几分矫揉造作。余麦正在惊疑，房门又"吱呀"一声合上，楼道里顷刻恢复了寂静。余麦站在原地，愣神半天，倾向于认为是柳芭刚才点错了短信，她邀约的其实是刚才先他一步进门的这个男人。余麦一颗滚烫的心一下变得冰凉。他只好转身下楼，带着深深的失落继续寻思接下来的漫漫长夜该如何打发。

这事本以为就这样过去了，没想到才过几个小时，警察便闯入他的住处。他这才得知柳芭已死，而自己竟成了杀人嫌犯。更多是出于受到冤屈产生的赌气心理，他在受审时始终否认自己接到短信后到过王庄小区，更没有交代他在楼道里耳闻目睹的那幕场景。他只是认定这事既然不是他干的，罪名就一定落不到他头上。就这样，他该吃吃，该睡睡，该受审就总是重复那几句老话，见到忧心如焚从外地赶来探视的母亲也是笑脸相对，在看守所里一蹲十来天，直到警方查明并抓获真正的凶手。

@第九道伤　　13-02-01　　23:49

对警方都隐瞒的事，却对自己喜欢的女人说了。这么做两边都不讨好，这小子有没有脑子，事情的轻重拎不拎得清啊？

@流云只从天外来　13-02-02　07:30

不对啊！这小子的说法有问题！他肯定是在故弄玄虚！按理说他赶到柳芭家的时候凶手早走了，难道是发现遗漏了什么没处理干净，又返回作案现场吗？另外，凶手交代是杀死柳芭后才给他发短信的，怎么可能他赶到的时候柳芭还活着，还在迫不及待地勾引刚刚进门的男人呢？简直就是一派胡言嘛！

@好奇号火星车　13-02-02　11:57

就是，怎么说都不通，这个叫余麦的嘴里有没有句实话啊！

@陆聚散　13-02-02　02:03

为了泡妞，犯得着把人品都搭进去吗？

@随处是终点　13-02-02　20:05

是的，简馨也提出了跟上面差不多同样的疑问。据说余麦一下被问住了，因为警方并没有告诉他水哥犯案的详细经过，所以他从没想过其中会有蹊跷。现在让他纠结的是，如果再向警方承认自己到过柳芭住处门口，一来案子已破，凶手也已判刑入狱，要让警方重新立案恐怕很难，二来看他前后矛盾，警方说不定还会认为他是故意搅局，甚至怀疑他根本就是在无中生有地编造故事。

看到简馨紧锁眉头沉思的样子，余麦拍着胸脯保证，他一定会自己把真相查个水落石出，然后通知警方。简馨笑他在说大话，余麦于是提出跟她打一场赌，要是他能办到，她就得答应跟他正式交往。简馨自然不相信他真有这个能耐，就答应以一周为限，如果到时他拿不出令人信服的答案，以后就必须自动断绝两人的来往。

@长相思摧心肝　13-02-03　00:25

　　好啊，没想到还有这么精彩的后续，强烈期待！

@雪梦微寒　13-02-03　02:17

　　后面到底怎样了，别卖关子了啊。

@爱的微量元素　13-02-03　05:38

　　都等到天亮了还不见更新，楼主不带这么吊人胃口的好不好？

@随处是终点　13-02-03　13:21

　　据说接下来的一周余麦到底做了什么，简馨并不清楚，她甚至在上班时间内都没见过他的踪影。等期限一到，她按约来到五道口大厦的查理布朗咖啡厅，看到余麦已经神情凝重地等在那里。她料定他没能兑现承诺，只想稍坐片刻就走。没想到余麦却说通过这几天的调查，他对于案情的真相已经建立起一整套推测，不过也只能说是推测而已，因为缺乏真凭实据的支持，至于是合理是荒诞，只能由她自己去评判了。

　　简馨很是吃惊，但还是耐心听完了他的话。

以下就是余麦作出的所谓推测：

首先，水哥供认发短信前柳芭已死，他本人也没有离开后再返回来，因此在余麦前面进门的人不可能是水哥，只可能是房东老人！

其次，水哥以为柳芭已死，其实她应该只是窒息之后进入假死状态，在老人进门前刚刚醒转，余麦却先入为主地将她痛苦的求救声误听成为勾引男人而发出的娇喘。

第三，也是最关键的一点：余麦接到柳芭的短信是在晚上8点39分，到她楼下花去一刻来钟，也就是说，他通过墙上的投影看到老人进门应该在9点左右。但据老人声称，他是在发现柳芭遇害后第一时间向警方报案的，而警方登记的报案时间是9点27分。这中间有半个小时的缺口，该如何解释？

追根溯源，还得落到老人的身世上。犹如现在出没于五道口的年青一代哈日哈韩一样，老人年青时有着浓厚的苏联情结。与娜塔莎之间无疾而终的恋情，更为这种情结添上了一抹刻骨的伤感。在那之后，虽然不断有人为他介绍对象，也不断有异性主动向他示好，其中不乏或年轻漂亮、或才华出众的女人，但他始终都没有为之心动。对娜塔莎的爱在他心里无比圣洁，他宁愿为守护这份感情终身不娶。等到遇到柳芭，或许是她的外表，或许是她的气质，又或许是她的穿着打扮勾起了老人对于娜塔莎的回忆，总之他觉得柳芭太像从前的娜塔莎了，以至于将柳芭直接当成了娜塔莎的幻影。当然，这并不意味着他会对年轻的柳芭想入非非，而仅仅是有了一种穿越的感觉。比如说娜塔莎爱吃母亲做的俄式腌黄瓜和红菜汤，于是他也努力学做这两样菜肴，以便拿来跟柳芭分享。比如说娜塔莎喜欢穿白色带褶边的长裙，于是他也曾在柳芭生日那天送她一条同样的白裙子作为礼物，等等。老人是在不断从柳芭身上重拾当年那段美好的记忆，但柳芭并不清楚这点。她只是觉得老人对他充满父爱，虽然未必喜欢他为她做的每一件事，但还是心怀感激，受之如饴。她也并不清楚，每次看到他身边有男人出现，老人都在心里生着一股莫名的怨气。因为他觉得柳芭跟不同的男人们随意说笑、亲昵甚至上床的做法，都跟纯洁无瑕的娜塔莎相去太远。

因此那天晚上，当老人进门之后，看到柳芭浑身赤裸地被绑在床上，下体的惨状不堪入目，他顿时生出一种剜心般的疼痛，但这疼痛不是出于对柳芭的怜爱，而是感觉他心目中娜塔莎的圣洁形象已跟着被眼前的场面所玷污。面对柳芭的呼救，在他意识的最深处突然涌出一个念头：与其救她，还不如让她去死！他觉得只有这样柳芭才能赎罪，才能让他将今生最心爱女人的完美形象永远留存心中。于是，本来他可以马上报案，或者马上拨打医院的急救电话，或者马上招呼邻舍帮忙将柳芭送往医院，但他只是一动不动地站在床边，漠然地面对柳芭向他投来的先是恳求、继而困惑、最终绝望的神情，眼睁睁地目睹着柳芭继续呻吟、挣扎、失血，直至断气。

等到确认柳芭已死，老人才拿起床边的座机拨打报警电话，这时距离他进门已过去差不多半个小时。迅速赶到的警察发现老人浑身打着寒颤，眼神近乎呆滞，便搀扶着他回到楼下的家里。这之后响彻整夜的俄罗斯原文歌曲，或许就是老人对于柳芭、对于他与娜塔莎之间的恋情，甚至对于已经逝去的某个时代，一种徒然的追忆和祭奠吧。

@夏花薰　13-02-02　13:33

　　太黑暗了！不，我不相信这是真的！

@酒品最好　13-02-02　13:36

　　苏联情结跟哈韩哈日，貌似还不是一回事吧？

@穿云线　13-02-02　14:10

　　如果真是这样，那就应该追究老人的法律责任，毕竟柳芭本可能被救活的。

@美得想毁容　13-02-02　15:44

　　没有证据地信口开河，就是毁谤，被追究法律责任的应该是这个余麦。

@只爱下跳棋　13-02-02　16:09

　　听人说在王庄小区已经很久没见过老人的身影了，似乎谁都不知道他的去向。

　　难道，难道这个余麦说对了吗？

@流云只从天外来　13-02-02　17:17

　　从内部渠道也没打听到有关老人的任何消息，唉唉！

@斯蒂芬妮　13-02-02　17:48

简馨不是说过自己要是年轻二三十岁非老人不嫁吗？余麦这是想故意打击她吧？

@给脸贴膜　13-02-02　18:30

我只关心这两个人的赌局，谁输谁赢？

@陆聚散　13-02-02　19:01

我想是这样的，本来余麦拿不出证据，只能算输，是简馨自己放弃了胜方的权利。或许她对这个男人有了新的看法，变得愿意接受他，或许她通过这事认识到，一切看似光明美好的事物，在背后都可能有黑暗丑陋的一面。

赌局的输赢已经不重要了，至少现在这两个年轻人在一起。

@机器魂　13-02-03　14:02

整个帖子看下来，有种怪怪的感觉。楼主你怎么会对整件案子的过程，对当事人的情况都了解得那么详细？

想来想去只有三种可能，你要么是参与破案的警察，要么是余麦，要么是简馨。

警察不至于跑到贴吧来追查线索，余麦最初被捕那几天也不可能上网发帖。

楼主你最有可能的应该是简馨吧？

　　最后一次上来说几句，我是谁一点儿都不重要。大家在网上本来就是萍水相逢、不拘形迹的匆匆过客，每一个 ID 背后都有一段只能由自己去过的生活。对于我在前面引述的余麦的话也请不必较真，因为大部分都是基于没有任何实证的主观推测。大家就当是不知从哪里听到了一个无须追究真假的故事吧。

一个故事的两面

■□ 删掉了和边俊往来的所有短信后，晏妮担心周雨微还会
继续受他蒙蔽。毕竟这事也有自己的责任，不能放手不
管。她在五道口周边转悠半天，终于找到一家鲜花礼品
店，一进门便料定站在收银台后冲她微笑，腕上戴着一
串蜜蜡佛珠的少妇就是周雨微。

早餐时，晏妮失手打翻了一杯牛奶。一部分牛奶从键盘间的缝隙流下去，到头来她的手提电脑再也开不了机。她只好趁着这天上班的午休时间，把电脑送进了公司附近的一家维修店。店员拆机初检后告诉她问题不大，但要换几个烧坏的元件，有可能还要重装系统，最快也得一天才能修好。

　　最近一段时间，边俊的笔记本电脑老是突然黑屏。不止一次杀毒，问题照样存在。听美容美发店的一位同事告诉他，这条街上不远就有专修电脑的地方。于是，等到下个轮休的日子，他带着笔记本找上门去，才发现修电脑并不像他想的那样立等可取。

　　第二天中午，听到熟悉的开机音乐在柜台上如常响起，晏妮悬着的心总算落下。桌面上只剩寥寥两行图标，再也不复从前各种文件和图片堆满大半个屏幕的乱象。晏妮正要询问修理详情，这时身上的手机响了。她一边压低声音跟人通话，一边匆匆付费，也没顾得上再作检查，就将电脑合上收进包里。要知道这台电脑，正是给她打来电话的男士半年前送她的生日礼物。昨天出的意外曾让她隐隐觉得是个不祥的暗示，但此刻对方一番柔情蜜意的嘘寒问暖，转眼便驱散了她心里的阴霾。

边俊接到维修店的电话通知已是第二天下午。那时他正在店里忙得脱不开身，又不想多等一天，就拿出单子和钱，拜托给客人洗头的一位小同事替他跑了趟腿。电脑取回来后放在员工休息间，他也没打开看过，他的心思全落在一位名叫周雨微的女顾客身上。虽说边俊只是店里级别最低的美发师，但周雨微每次来都会单点他为自己服务。边俊深恐辜负这份信任，为她打理头发时总是格外用心。忙碌中，他透过镜子发现女人一直在用半是怜惜、半是迷恋的目光盯着他看，这让他心里既温暖，又有些小慌乱。

但凡既无加班也无应酬的夜晚，晏妮多数时候都会一个人在街上闲逛一气，然后回到租住的房子，以一盘自制的水果沙拉权充晚餐。其实过去的一天，她收到过不下七八个邀约，但她实在不想跟那些不对感觉的追求者空耗时光，或者在朋友安排的相亲聚会上重复体验失落。她觉得惟有这样自甘孤独，才对得起她真正心仪却无法厮守的那位男士。看完电视上一档谈话节目，她想上网查看一下邮件，打开手提电脑，忽然发现文档里竟有一大堆从没见过的文件夹。

边俊的住处是在一套合租房里一个阴暗逼窄的单间，加在隔断墙上一张晃晃荡荡的门板，给不了他多少安全感。在带着一整天累积的疲劳入睡之前，还有一段孤寂的时光需要打发，于是他很自然地打开笔记本。令他吃惊的是，桌面上多出了好几排不可能属于他的图标，而且找不着常玩的几款游戏。他赶紧给替他取电脑的小同事打个电话，对方却被问得满头雾水。

愣神片刻后，晏妮明白过来，这根本就不是自己的电脑，虽然外观一模一样。难怪她取电脑时就觉得哪里不对，但光顾着接电话就没去多想，原来是维修店把她和别人的电脑弄混了！她赶紧翻出单据拨打联系电话，就想痛骂一顿店员的粗心、愚笨和不负责任，哪知道耳边只传来近乎冷笑般的自动应答声，告知只有上班时间才受理来电。

等意识到是维修店把别人的电脑错给了自己，边俊一时只觉得好笑。那台电脑是他从二手市场上淘来的旧货，跟人家这款上市不久的新机型根本没法比。但再细想，他不由得又紧张起来。那天店员让他留下电脑时，他就短暂地犯过犹豫，怕他存在里面的东西被人一览无余。现在看来，当时的担心其实是种准确的预感。

晏妮很是懊恼，怪自己取电脑时没多留点心。现在唯一指望的，就是这台电脑的主人还没来得及去取回它，因此在明天一早维修店开门之前，她的电脑都会一直静静地呆在某个角落里。当然也不能排除一种可能，就是对方取到电脑后发现比自己的高档和值钱，决意据为己有，反正从留在店里的手机号上也查不出姓名身份。想到这里，晏妮的担心油然而生，毕竟电脑里有些她不愿被人窥探到的隐秘。于是，怀着对眼前这台电脑主人的强烈好奇，她忍不住轻拨鼠标，闯入一片本不属于自己的领地。

按照老板的要求，边俊和同事们都必须在工作中通过闲聊了解熟客们的各种信息，并一一记录下来，以供老板将这些信息汇总，再转卖给房产、保险、理财之类的商业机构。让边俊不无惶恐的是，一旦他存在电脑上的客人资料外漏，店里的秘密曝光，那老板绝对轻饶不了他，他很可能都没法再在北京立足。出于防患的必要，他迫不及待地想要了解眼下这台电脑的主人到底是谁。就像入室行窃的小偷翻箱倒柜一样，他打开一个个文件夹，只想尽快摸清对方的底细。

透过为数不多的一些照片，对方的形象在晏妮眼中渐趋明朗。这是一位 25 岁左右的男人，瘦削的身板，过于白皙的肤色，遮没眉头的厚重刘海，像是精雕细刻般的近似于女性的五官，毫无疑问都不合她所喜欢的男人类型。此人在具体位置不详的一家美容美发店工作，标配的黑或灰色小西装常年穿在身上，似乎已让他的骨骼结构发生某种可笑的变形。

没过多久，对方的生活就在边俊面前展开一幅巨细无遗的画卷。这是一位快满29岁却依然单身的女人，在一家设计事务所上班，活动区域跟他部分重合，都在五道口一带。看她私密照片上的长相和身材，确有几分值得自恋的资本，但对见惯美女的边俊来说却构不成杀伤力。她每周一到两次健身或游泳，对日式料理、豹纹C字裤和各种天然材质的小配饰情有独钟，迷信数字"7"能带来好运，正想方设法对付脚后跟的死皮。

晏妮特别注意到硬盘里有些格式统一的表格，记录的显然是常来店里的客人们的信息，有详有略，不少地方还是空白，但重点都落在家庭财产或夫妻关系的隐私方面。她匆匆浏览一份像是同事间的聊天记录，里面提到如能劝说客人去听风水课，并接受早已对客人情况了如指掌的"大师"要价高昂的点拨，老板就能拿到一笔可观的提成。晏妮不禁眉头紧皱。

只有一点发现让边俊意外：女人置身边成群的追求者于不顾，却似乎正和一位大她15岁的有妇之夫保持着地下恋情。从两人的聊天中看得出，男人是某一领域中颇有地位的人物，事务繁忙，只能不定期约她去一个不对外公开的会所见面，偶尔也会来她住处。问题在于，边俊拿不准这两人到底是哪种性质的关系。

晏妮已经决定，等明天一早回去维修店再说，这时手机上忽然接到一条陌生人发来的短信。她看到内容有点慌神，同时又抱着一丝侥幸心理。但随即，在对方表现出的粗鲁和强横面前，她也不得不筑起防线。

修理店好像把咱俩的电脑给弄错了，你是不是拿了我的？

应该是。你是从店里问到我号码的？

　　　　　　　　　　　　　　　　　　店里早没人了。

那你进过我的电脑了？

　　你就没进过我的吗？这个不重要，赶紧换过来不就行了！

那等明天吧。

　　等什么明天？分分钟的事，不如现在就约地方碰个头。

还是明天吧。

　　边俊急于说服女人，索性直接拨打对方的手机。没想到连
　　拨几次女人就是不接，他按捺不住地变得狂躁起来。他再
　　发一条短信，改用赤裸裸的威胁口气，说女人要是不同意
　　马上见面，就别怪他把她跟那个老男人偷情的事抖搂出去。

晏妮大惊失色，没料到对方会作出如此激烈的反应。如果
真把她电脑里的聊天记录挂到网上，肯定会让那位男士身
败名裂。她本想屈从于对方的要求答应见面。可一想到对
方身份不明且满怀敌意，再加上从报纸和网上看到过的各
种凶案从脑际蜂拥而过，她不禁担心起自己的轻率很可能

导致送命。延宕片刻，她不甘示弱地回了一条短信，说出卖客人隐私获利的做法不但卑鄙下流，也已经构成犯罪。

　　第二天整个白天，边俊都没联系过女人。被人捏住把柄的感觉让他既窝火又无奈。他也不敢确定，如果继续放话威胁，会不会逼得对方真干出什么对他不利的事，比如说让她有钱有势的大佬男友出手来收拾自己。傍晚时，周雨微又来到店里，这回是带着一位年龄相仿的女闺蜜来让边俊染发。边俊知道她是想帮他拉抬业绩，默默用目光表示了感激。剪发时周雨微就坐在一旁的空椅上，陪着闺蜜说笑，时不时还会夸赞一番边俊的手艺。她看出边俊有些闷闷不乐，问他是不是有什么心事。边俊迟疑片刻还是收住了口，毕竟那些表格中也有周雨微的一张呵。

晏妮一直没有等到对方的回复，担心自己的话说得太重，或许已经断绝了换回电脑的可能。午饭时，她接到那位名叫宋源彬的男士打来的电话。他说刚刚确定两个月后要去瑞士开个会，准备提前为她办好旅游签证，到时她请假先去那边等着他，会一完他再赶去跟她会合，这样两人就能无拘无束地一起过上几天了。晏妮的情绪有点儿低落，引得不明情由的宋源彬赶忙自责，说他在北京受的牵绊太多，平时疏于给她直接的关爱照顾，不得已才想出这么个主意。他紧接着表示晚上就想见她，晏妮却推说公司有事。其实，她只是觉得无法带着心理包袱去面对他，也拿不准该不该把眼下这桩离奇的遭遇如实相告。下班后回到住处，看着桌上那台让她嫌憎的电脑，她心里一下蹿出一股火气。她当即给电脑主人发去一条短信，提出约地方见面，就在今晚！

边俊置身于十字路口一块巨大而晃眼的灯箱广告牌下，一边来回小步溜达，一边打量着过往的行人。约定时间已过十分钟，还是不见女人的影子。他脑子里正冒出一些令人不安的猜想，这时手机响了起来。他按照女人的指点，将目光投向停在路边的一辆出租车。他看到打开的后车窗里有只手向外伸出，能感觉到这一动作不含任何礼节性的成分，仅仅是昭示一下所在的位置。他走过去，认出了那张在电脑屏幕上见过的脸，感觉在周边朦胧灯光的映照下显得过于刻板和紧张，甚至有点儿变形和难看。

跟照片留下的印象比起来，晏妮觉得走近出租车的男人身板更显单薄。而且，借着路灯看到他那张清秀得有如从漫画书上复制而来的面孔，她顿时相信这样一个男人不可能干出任何出格的事，自己先前的担心纯属多余。但她依然正襟危坐、不动声色，直到男人从手提包里取出电脑递进窗口，她接过来放在膝头，翻盖确认无误后，才将对方的电脑从窗口递了出去。

看到女人的一整套做法近乎完美地杜绝了发生意外的可能，边俊不得不叹服于她心思的周密。他看到女人盯着自己，似乎想启齿说点儿什么，却终于还是放弃。他听到女人招呼一声司机，出租车随即启动，转眼离他远去。不知为什么，这一刻他忽然觉得心里有点空落落的。

对于晏妮来说，这事就算过去了。她宁可当它从没发生过。她的日子还在照着原有的轨迹运行，上班，开会，出差，和形形色色的客户见面，偶尔才在其中的某个空隙和宋源彬短促地相聚。请假去欧洲的计划不得不取消了，原因是宋源彬的妻子提出陪他同去，晏妮对此只能默然接受。在她和宋源彬的关系中，得而不喜，失而不悲，已成为她的常态。真正让她意外的倒是，电脑换回来差不多一个月了，她手机上的聊天软件忽然接到一条加好友的邀请。她这才重又想起来那个快要淡出记忆的夜晚，想起来那个在街头有过一面之缘的苍白忧郁的大男孩。

　　　　　　　　咱们也算半个熟人了，你同意这点吗？

那又怎样？

　　　　我遇到了一点感情问题。我想，你也许愿意帮我分析一下，拿个主意。

为什么找我说？

　　　　我找不到可以说的人，我在这城市没有朋友。还有就是，我觉得感情的事，你比我看得要透。

为什么这么说？不要以为你进过我的电脑，就觉得
了解我了。

　　　　咱们是有过一点儿误会，但我就是这么觉得的。

那我告诉你吧，感情的事只能自己面对，没人可以替你做
主。

　　　　边俊见晏妮并不拒绝跟自己说话，便开始一点一滴地谈起
　　　　他和周雨微的交往。这是一位大他七岁的女人，有过一段
　　　　为时两年的失败婚姻，没有孩子，目前在离五道口不远的
　　　　一条街上开有一家相当高档的鲜花礼品店。他说周雨微从
　　　　见到他的第一面起，就表现出不加掩饰的好感，而随着接
　　　　触的增多，他也深深喜欢上了这个豪爽大气却又不乏温情
　　　　的女人。然而，身份地位的差异悬殊，让他自觉没有资格
　　　　跟对方交往，更不要说直接表白。同时，她也摸不准周雨
　　　　微到底怎样看待两人间的关系。

你倒卖客人资料的事，她知道吗？

　　　　不知道。那都是老板叫我们干的，不过我把她的资料尽量
　　　　改成错的了。我不希望她受损害。

你要对其他客人也有这份心就好了。

　　　　　　　　我也不想这么干啊，可没办法。

晏妮觉得边俊的话里有种稚拙，有种脆弱，有种无助，让她不由自主地心生怜惜。接下来的几天，她在工作的余暇有一搭没一搭地跟他聊了起来，问起女人对他说过些什么话，有过哪些不一般的表现。以她的判断，女人无疑是喜欢他的，但是——

但是什么？

她可能对该不该跟你进一步发展感情，还在犹豫。她把这个那个闺蜜带到店里叫你打理头发，其实就是想趁机试探下她们对你的看法。

那你觉得，我和她有可能吗？

你说的可能是指什么？上床？确定恋爱关系？还是结婚？

怎么说呢，我希望跟她能够长久。

多久才算长久？问题是你能为你们的感情提供长久的保障吗？现在她是看着你觉得养眼，一时痴迷于你，但这股痴迷劲早晚会过去，到那时你还能带给她什么？你总不至于让她把你当只宠物养起来吧？

甚至就在给客人服务的过程中，边俊也会不时溜进洗手间，看看晏妮有没有给他新的回复。按照她的建议，一天下班后，他主动走进了以前只是隔街遥望过的鲜花礼品店。他的光临显然让周雨微既意外又开心。她把店里的事向员工交代两句，邀请边俊跟她一起去参加一个聚会，说反正其中有位闺蜜是他见过的。她开上自己的宝马车，带他来到成府路上的一家五星级酒店。在那里的红酒坊向朋友们作介绍时，她半开玩笑地把他说成是"我的发型师"。无可否认，这是边俊到北京后的一年多里最受打击的一次经历。作为来自内地小城市，来自父亲下岗而母亲无业的一个贫穷家庭的孩子，他终于看清了周雨微的生活平台距离他有多遥远，看清了自己在她和她那些有钱朋友们面前什么都不是。当他学着其他人的样子仰头喝下红酒，他尝出的只是无限悲伤的滋味。按照晏妮的说法，如果他真想跟周雨微走在一起时不至于抬不起头来，他就必须改变自己卑贱的命运。但这有可能吗？

晏妮觉得她的很多话表面上在说边俊，其实也是在说她自己。她从不希望自己完全依附于某个男人，也绝不会执着于一纸婚书。或许正是这个原因，才让宋源彬这位时刻处在聚光灯下的成功人士可以心无挂碍地跟她交往。遇到这样一位男士，她宁可只享受男女关系中与成熟、睿智、渊博、情趣相关的部分，而免于承担家庭生活的种种俗务。有一天，边俊忽然问起她和"那个姓宋的"怎么样了，虽然语气让晏妮有些不爽，但还是促使她头一次将话题转到自己身上。她说早在读研的最后一年，她就曾给宋源彬的公司投过求职信，但直到三年前的一次酒会上才跟他真正认识。她说她在平常工作中接触到的男人不可谓不多，迫于父母催逼也参加过不少回相亲，却始终没有一个男人能取代宋源彬在她心中的位置。她承认自己中了一种叫做宋源彬的毒，有可能这辈子都再也不会爱上别的男人了。在她讲出这些的时候，边俊也给不出任何意见，只能回应以"啊"、"哦"、"是吗"、"这样啊"之类虚泛的感叹。晏妮意识到自己竟然在向一个完全陌生的人倾吐一直深埋心底的秘密，一时觉得不无荒诞，却又体会到一种从未有过的轻松感。

晏妮的话让边俊下定决心要挣钱。只要能挣到一大笔钱，在同一条街上也开一家美容美发店，一定能让周雨微对他刮目相看。那时，她的那些朋友们再也不能像在红酒坊的那晚一样，都用混合着轻忽和讥嘲的表情来对他。当然，他也知道，就凭他在三流技工学校学到的那点儿粗浅的手艺，还有籍籍无名的普通发型师的头衔，想要挣到大钱无异于做梦。可为赢得周雨微的爱情，他决不会吝惜任何付出。一时间，他觉得浑身的血液仿佛成了某种燃料，被心头的欲望之火哗哗点燃，直烧得他产生出一股不怯于自我毁灭的冲动。这天下午，店里又来了他的一位熟客，是个四十出头、面色白净的男人，衣着一如既往地考究。以前有一次，这位男人在他理发时，竟然隔着围布用手摩挲起他的大腿。当时边俊只是赶紧闪开身子，没有出声，但那以后每次看他再来店里，都会把他让给同事。此时边俊一反常态地迎上前去，男人盯着他愕然片刻，随即便欣然就座。理发过程中，边俊对男人有问必答，态度不卑不亢，也不多说一句题外话。当男人提出请他下班后一起去酒吧坐坐时，边俊手上的动作停顿了一下。他再清楚不过，一旦答应对方对他来说将意味着什么。

往后差不多有一个月，边俊没再联系过晏妮。晏妮偶尔想起他来，心里倒无端地多了一丝挂念。她很想问问他的近况，可又实在抹不开面子。就算两人都生活在五道口，又曾因为维修店的一个差错偶然地结缘，但终归只是两个各行各路的陌生人而已。这天晚上，晏妮为赶写一份项目计划书加班到很晚，打车回住处的路上，正好经过那面巨大的灯箱广告牌。就在她心念一动想起边俊的时候，手机上竟像通灵似的收到了他发来的信息。晏妮心里涌过一道浅浅的暖流，虽然接下来他写的每句话都叫她不舒服。

你和那个姓宋的，还是赶紧断了吧。

怎么突然想起说这个？

今天在店里听一个女客人说起他，她认识他老婆。

你们还在干搜刮客人资料卖钱的缺德事？

不是那回事，这次我是专门为你打听的。姓宋的出身很贫寒，他能起家全靠他老婆家里有背景。

这些上网一搜就知，怎么啦？

可我听那女客人说的话，我敢断定姓宋的不会为了你舍弃他老婆。你和他是没有希望的。

我自己的人生，自己决定怎么过。跟你说吧，就算我跟他永远不可能结婚，就算我们永远只能保持这种地下关系，我也会觉得心满意足，觉得幸福。

这样下去只会耽误你自己，你玩不起这种游戏的，你该清醒一下了。

还轮不到你来教训我吧！

如果说边俊对晏妮还有那么一点点关心，那是因为他相信只有她才会真正理解自己的做法。他在网上匿名发帖，吸引同性恋者跟他联系，先是相约见面，等对方痴迷于他想要发生关系时，便会开口索要高价。接下来要干的事对他来说形同噩梦，不过运气好时，一个晚上就能挣到做美发师半个月的工资。即便如此，他也不想放弃店里的工作。现在反倒是这份看起来极其卑微的职业，能赋予他一份最起码的尊严。更何况，这还是把他和周雨微的生活联结起来的唯一纽带。

以往，宋源彬不管多忙，每天都会挤时间和晏妮联系，不是通过聊天软件，就是直接拨通手机。然后，差不多一到两个星期，他会根据自己繁密的工作日程，见缝插针地约她密会一次，条件许可的情况下，两人还会短暂地享受一番肉体的欢愉。然而，突然连着两天，晏妮没有得到他的任何消息。她想起边俊说过的那些话，不由得重新审视起这段她无力掌控的关系。到了第三天，她开始犹豫要不要主动询问一下，以确定宋源彬是否生病或遇上什么急事，却忽然收到他的一条短信。短信上说考虑再三，还是无法抛开家庭责任，而延续之前的交往方式对她很不公平，也会妨碍她寻觅自己的幸福，因此只做普通朋友对双方来说或许更好。与短信的内容相比，晏妮更感疑惑的是那种外交辞令般的冷漠，完全不像出自那个对她尽显过温情、幽默、率直和通达的男人之口。她当即拨打宋源彬的手机，但他没接，却在几分钟后发回来一条寥寥数语的短信，说他目前正在国外，要她照顾好自己。

夜晚，边俊的外出越来越频密。每一次，他都觉得身体里像是插进了一根通红滚烫的铁条。每一次，他都觉得内心又加深了一分永难消弭的灼痛。他想象自己被一条隆隆开动的履带碾过，又想象自己就是那履带本身。到了白天，他常带着一脸的憔悴来到店里，眼神明显黯淡，极少跟同事说话，也无意跟客人闲聊。遇上没活干的冷清时段，他就索性钻进员工休息间，倒在沙发上呼呼睡上一觉。

晏妮与宋源彬的关系可以说戛然而止。虽然这一结果作为不言自明的可能性早已埋存于两人中间，但真到变成现实，还是让晏妮难以马上接受。她惟有靠自己止痛疗伤，尽力振作，尝试去接触不同的男人，并一点点修订着自己对于两性关系的理解。

　　心力交瘁让边俊大病一场，连着好几天没去上班。恰好这期间周雨微去过一次店里，得知他请了病假，马上在电话中提出要去看他。正蜷缩在床上的边俊感动得快要落泪，却又只能横下心来婉言谢绝，因为他不希望她踏足到这间散发霉味的小屋，看到他最不堪示人的悲惨一面。他知道这场病起于他对自己肮脏肉体的嫌恶，但周雨微一番温存的话语却再次激起他对未来的美好遐想。是的，他只有撑下去，撑下去，哪怕与命运死磕到底。

这天加完班已过晚上九点，形单影只的晏妮走出写字楼，望着五道口璀璨灯火下纷纷攘攘的人流，突然间产生出想去找到边俊的冲动。不过她不希望被他发觉，只求看一眼工作中的他是什么样子，顺带再推测一下他在感情方面的进展。她还记得他电脑上的聊天记录里提过一句，从他上班的地方到五道口城铁站仅需五六分钟。以这条作为参照，再凭着对他自拍照上的环境依稀尚存的印象，她很快找着了一家大体对得上号的美容美发店。她驻足在一段距离之外，隔着落地玻璃窗眺望店内。她注意到店员们穿的小礼服不是她在边俊身上看过的那款，正在怀疑自己的判断，视线陡然间落在一张从店门一闪而出的面孔上。她当然认得他是谁，而且看他衣着光鲜，收拾得非常精神，断定他是去跟那个开花店的老板娘约会。她很好奇那女人是个什么模样，同时也想为心里的疑问找到解答，便悄悄尾随在后。

　　边俊踽踽独行，在城铁站边转过街口，来到一家兼带舞池的酒吧。这里的光顾者多为留学于附近大学的各国老外，跟他约好见面的一位白人男青年正等在光线昏暗的一角。白人男青年说的汉语实在蹩脚，加上从地下舞池不断传出震耳欲聋的音乐声，两人的谈话不得不时时中断。已经喝得微醉的白人男青年索性一手搂住边俊的肩膀，狎昵地将嘴贴近他耳边，另一只手则在他身上来回抚弄。边俊并不抗拒，反而以一种仿佛超然事外的冷漠眼神睥睨着对方，同时嘴型坚定地报出自己的要价。白人男青年先是谄媚地恳求一番，随即勃然变色，将边俊一把推开，还冲他咆哮了几句，可看这样依然不能让他改变心意，最后只好又自己服软。

晏妮饶有兴致地跟着边俊进了酒吧。她在吧台边找了个空座，让脸部遮没在阴影里，以便可以从容直视不远处的边俊。但眼前发生的一幕让她实在难以置信，久久瞠目结舌，直到那位白人老外拉着边俊的手走向酒吧门口，她才恍然明白过来——原来边俊根本就是同性恋！他来这儿不是跟女人约会，而是向男人卖身！这样看来，他先前跟晏妮说喜欢那位离异的花店老板娘，想跟对方结婚之类全是骗人的鬼话！而晏妮竟还傻到信以为真地为他和那女人的相好出谋划策，看来不过是充当了他诈骗后者钱财的帮凶！想到这里晏妮浑身直打冷颤，震惊、痛苦、愤怒、羞愧、悔恨一齐涌上心头。她咬着下唇斥骂一声自己，赶紧起身追了出去。

　　边俊是在白人男青年的住所被警察抓获的。那时他正赤身裸体趴在床上，被弄到出血的下体带给他难以忍受的阵阵痉挛和疼痛。警察命令他穿起衣服，将他带出所在的公寓楼。他看到楼门外已聚集起一圈面目模糊的围观者，随即听到当中传出一个女人低沉而果决的声音："对，就是他！"这声音初听十分陌生，回味一下又有点熟悉，但他就是想不起到底出自何人。他被推上一辆警车的后座。随着车门砰的一声重重关上，他感到心中那个支撑着他一次次渡厄历劫，魅惑着他去开启崭新人生的美梦，在这一刻已彻底破碎。

删掉了和边俊往来的所有短信后，晏妮担心周雨微还会继续受他蒙蔽。毕竟这事也有自己的责任，不能放手不管。她在五道口周边转悠半天，终于找到一家鲜花礼品店，一进门便料定站在收银台后冲她微笑、腕上戴着一串蜜蜡佛珠的少妇就是周雨微。晏妮借口说有次去一家美容美发店，听一位男店员推荐过这里。她以为周雨微一定会有不同寻常的反应，没想到对方眼神霎时变得灰暗，摆出一副与己无关的样子，轻描淡写地说可能是常去那里做头发的缘故，跟店员们处得比较熟。晏妮知道她已清楚事实，放下心来，走前还从店里买下了几样小装饰品。

拘押在看守所里的日子对边俊显得格外漫长。提审时他承认了多次向男人卖淫的事实，却否认自己就是同性恋。他交代说因为自己长得眉清目秀，从小便不断被同性骚扰，在他16岁就读于一所技工学校时，更是遭到一位副校长的强暴。他公开副校长的劣行，却反被定为诬告，开除学籍。从此他在家乡身败名裂，无法立足，只好漂泊外地多年，最后来到北京，靠以前学过的手艺谋得一份工作。他知道就凭自己少得可怜的薪水，永远只能停留在社会的最底层，为了挣到更多的钱，为了在心爱的女人面前获得足够的自信和尊严，才不得不去出卖身体。

直到这天，当晏妮偶然在晚报上看到一张宋源彬的照片却心如止水，她才真正意识到过去的那三年她过的是种畸形和病态的生活，不能不为从中解脱出来深感庆幸。她又一次想起边俊，禁不住笑自己一度如此轻信一个骗子，竟然将对亲人和朋友都讳莫如深的内心秘密毫无保留地倾诉出来，或许她是觉得把真心话说给陌生人听反倒更安全吧。

而边俊想说却没说出来的话是：他心里其实恨透了那些跟他发生关系的男人，也恨透了他自己。就因为他本身并不真是同性恋，就因为他对跟男人做爱有种撕心裂骨的反感，就因为这跟他从小对纯真爱情的向往背道而驰，就因为这等于是让他一次次坠回最黑暗的深渊，一次次重温最恐怖的记忆。

几天后警方又找到晏妮，说是在检查边俊电脑时，发现了他不久前发给宋源彬的一封邮件。邮件里附上了几张宋源彬和晏妮聊天记录的截图，威胁宋源彬如不马上断绝跟晏妮的私情，就将这些截图转给他的妻子。警方问晏妮是否知情，说边俊并未借此向宋源彬勒索任何好处，实在不清楚他发邮件动机何在。晏妮听得心头一沉，终于明白宋源彬跟她断交原来竟是边俊暗中起的作用。让她困惑的是，以她对边俊人品的确信，他本来完全可以借机敲诈宋源彬一笔，而不必非得沦落到出卖肉体去挣钱，但他就是没这么干。莫非边俊威胁宋源彬，真的只是为了帮她这个唯一愿意听他倾诉的陌生人？莫非他并没有骗过自己，对她说的话句句属实？莫非他真像对警察交代的那样，只是冒充同性恋去挣钱？这些问题晏妮一时无法解答，却忽然在心底对边俊生出一分感激。因为不管背后的真相是什么，边俊都是把她从人生的一段歧路上拉拽回来的那个人。

而边俊，这时的边俊……

■□ 嗨，美女好！真是有缘啊，摇一摇居然摇到了一百米内的你。五道口这半条街上全夜店酒吧咖啡馆，莫非你跟我一样，也孤身一人在其中的哪家消愁解闷？我就在雕刻时光挨着窗边坐，要不见个面认识一下？

匿名发件人

以下内容均摘自微信聊天记录，所含语音部分已转化成文字

6 月 29 日凌晨 01：14

你已添加了红尘客栈，现在可以开始聊天了。

嗨，美女好！真是有缘啊，摇一摇居然摇到了一百米内的你。五道口这半条街上全夜店酒吧咖啡馆，莫非你跟我一样，也孤身一人在其中的哪家消愁解闷？我就在雕刻时光挨着窗边坐，要不见个面认识一下？

我没在外边，窝家里正看电影呢。刚看到紧张的地方，把我都快吓哭了，就想找个人说说话。

这么说你就住这旁边的小区？大半夜的看什么恐怖片呢？

也不是恐怖片，至少一开始不是。但看到刚才我突然觉得情节恐怖极了。我两腿到这会儿还直哆嗦，都不敢往下再看了。

什么片子啊那么邪乎？

是部日本片，只怪我手贱点开了它，一开始还满以为是爱情片呢。说的是有个在商场化妆品专柜做导购的女孩，偶然认识了一男人，这男人老实巴交的，并不是她喜欢的类型，可她为了填补内心的空虚吧，就稀里糊涂地跟他发生了关系。没多久离奇的事接二连三发生了。先是这男人死于一场车祸，警方也没查出肇事车辆。

接着男人他妈从外地赶来料理儿子的后事，又因为中毒死在儿子的公寓里。本来女孩认为这些跟自己无关，可这天她突然接到一封不知谁发来的电子邮件，说她就是杀害母子俩的凶手。

这剧情听来也挺稀松平常啊，犯得着受那么大的惊吓？

邮件里附了两份所谓女孩杀人的证据。先是一段偷拍到的女孩和男人他妈吵架的视频，显示时间就在老人死的当天，就发生在男人的公寓。老人说儿子随身带着的有样很珍贵的东西不见了，断定是女孩偷走的，还质问她是不是就为这个暗中害死了儿子。老人是位小学数学老师，男人好像走得挺早，是她一个人把儿子拉扯大的，所以儿子的出事对她打击极大，整个人都有些神志不清、疯疯癫癫的了。女孩当然气愤不过，就和老人大吵起来，还说出了"去死吧你个老太婆"之类的过头话。

然后还有一张照片，拍的是张购物小票上面列着从女孩工作的商场购买的消毒液和洁厕灵等几样东西，刷的是女孩的信用卡，日期就在老人死的前一天。要知道，老人正是死于消毒液和洁厕灵相混合导致的氯气中毒。虽说警方暂时还没查到女孩头上，可就凭这两份证据，女孩是凶手似乎已经板上钉钉了。更瘆人的是，到底是谁在背后偷拍，是谁匿名发的邮件，发邮件的目的又是什么，女孩完全不清楚。这时她既没有朋友可以求助，又不敢主动去向警方澄清这事，心里难免惶恐到了极点。

这有什么好奇怪的？拍视频和发邮件的人肯定就是幕后凶手，目的就是要逼女孩交出那件值钱的宝物来。算了，别为这费神啦。我看你反正也睡不着，不如干脆出来坐坐，我请你喝点儿东西压压惊？

谢谢，不用了。我忍不住还想接着往下看呢……

怎么样，被我说中了吧？最后揭开谁是杀人凶手啦？

只往后看了一截，还没完啊。

片名叫什么？我也搜来看看。

没中文片名，还没出中文字幕版。虽说我大学学的日语吧，有些地方看起来也挺费劲。反正那女孩叫晴子，男人叫亮一，跟你说的一样，这晴子也认为凶手连杀母子俩又暗中陷害她，就为逼她交出亮一的宝贝。可要命的是连她都不清楚那宝贝到底是个啥玩意啊。吵架时她问过亮一妈，老人却不明说，只是一口咬定是她偷走的。晴子越想越害怕，就觉得要是交不出这件宝贝，那接下来要死的人必定就是自己了。她原来还铁了心要把肚里的孩子流掉，这会儿却又犹豫起来。

你是说，她怀了亮一的孩子？

对啊。亮一妈刚赶来那天，听说晴子怀了亮一的孩子，马上跪倒在她跟前，哭着喊着求她把孩子生下来。说只要她把孩子生下来，以后带孩子养孩子都不用她管。可晴子想，怎么能把生孩子那么不当回事呢？真要生了孩子怎么可能撒手不管呢？再说亮一的公司老板，一个叫英吉的年轻帅气的富二代，不久前认识晴子后就在起劲地追她。对于一心想要嫁入豪门的晴子来说，这当然是个不容错过的大好机会。

可要是英吉发现她都怀了孩子，跟他心目中以为的纯情少女差了八丈远，那立马就会甩她而去。所以晴子是不可能答应老人的。但是到了这会儿，她却又不得不庆幸自己怀了孩子。就算幕后凶手不杀她，只要把证据往警方一交，法院都很可能判她杀人罪，到那时，恐怕她就只能靠这没出世的孩子来保自己一命了。因为法律上不是有这么一条吗？对于怀孕的妇女不能判死刑。

哦，中国法律也是这么定的，这我知道。要我推断，幕后凶手一定就是这位英吉。

不可能！人家那么有钱，还会为贪图财物去杀人？

呵呵，要不这样好了，咱俩打个赌？等你把片子看完，如果凶手真是英吉，你就得答应今晚出来跟我见面。当然，不是英吉，今后我也再不提见面的事了。

我家网线出了点问题，可能这两天都上不了网，所以暂时没法把片子看完了。

啊？真的吗？……

7月3日下午 14:06

网线修好了吧？

修好了，不过片子还是没有看完。

 怎么啦？你不关心结局？

 点开了网页，但搜索的资源已经给删除了。

 啊，不会吧？你就没重新搜一下？

 算了，结局对我来说已经不重要了。有的时候没有结局就是最好的结局，不是吗？说实话，一开始我被这部片子吸引，只是因为晴子这个角色让我觉得又可笑又可恨。思维那么极端，那么分裂，自以为老于世故，其实笨到了极点，口口声声不再相信爱情，内心深处却还抱着一丝幻想，而当你真把一份爱情给到她手里的时候，她又不知道除了金钱和物质外，还能用什么去称量它的分量。

所以亮一喜欢她，她却不过是在玩弄亮一，英吉喜欢她，她却又害怕被英吉玩弄。所以她才落到眼下这样想不要孩子又不行，留下孩子又只能毁掉美梦的可悲境地。既然她的命运注定了是个悲剧，就算形式上有所不同，本质上又有什么区别呢？所以我已经不会再去关心她的结局了。

那这是不是等于说，你再也不想跟我见面了？

在你作出答复之前，先让我简单介绍一下自己吧。31岁，北漂数年，网络发烧友，资深技术宅，中关村"码农"一名，也即IT公司写代码的农民工之谓，至今仍然单身。处于上述我的状况，见到你的头像产生一份好感外加一点激动，谅你也可以理解吧？虽然那晚我俩的距离不足百米，很可能先前还曾在五道口的某处街头擦肩而过，但如果没有当晚同一时刻的随手一摇，我俩的生活或许永远也不会交集。你说这是缘分也好，是手机应用软件的随机选择也罢。既然开了这个头，为什么不试着继续下去呢？

这种话，估计你跟摇到的女孩们说过不知多少遍了吧？你不就想免费约炮吗？对不起，没兴趣。

信不信由你，我这真是第一次。等你见了我，就会知道我到底是个怎样的人了。

没这个必要。我已经决定离开北京了，过几天就走。

啊？是吗？……

7月8日早上11:50

还在北京？

今晚就走。

如果我把片子的结局说出来，能让你留下吗？

你知道结局了？怎么可能？

就知道你会这么说。这些天，我费了好大劲儿在网上搜寻你说的这部片子变换输入各种可能的关键词，甚至把剧情贴到了日片的各大网站、贴吧和论坛上，到最后还是一无所获。一开始我还想，你看的这片子得是有多冷僻啊。就在我差不多快要放弃的时候，搜索结果中有条新闻吸引了我注意，说的是海淀某小区有位年过半百的吴女士清洁卫生间时混用消毒液和洁厕灵，因为氯气中毒而晕倒，等房东发现时已经一命呜呼了。我惊奇于这跟你说的剧情中亮一妈的死因完全一样，于是就多花了点工夫去了解这事。还要我接着说下去吗？

死因一样又怎样？世上巧合的事难道还少啦？

如果只有一点儿巧合也就罢了，可当我想尽办法打探清这事的详情，发现巧合的地方实在太多了。这位吴女士也是寡居多年，也是刚经历丧子之痛，也是刚从外地赶来北京处理儿子的后事，她的儿子也是独子，也是不久前死于一场车祸。我这才突然意识到，或许根本就不存在你说的这样一部日本片子，你很可能表面上是在像模像样地介绍剧情，其实却在说出发生在你身上的真事。

发生在我身上的真事？你胡扯什么呢！

是我胡扯吗？真实情况很可能就是这样的：你最近接连遭遇两起死亡事件，死者分别是你的前床友（说是前男友恐怕你不会承认吧？）和他母亲，你本来认为这两件事都与你无关，没想到一封来历不明的匿名邮件却指证你就是杀人凶手。你为此变得极度紧张，莫名惶恐，既不知陷害你的人隐藏在何方，也不知他何时会将你同样置于死地。

于是，就在那天夜深时分，你在孤身独处、惊魂不定中急于找个人倾诉一番，缓解一下内心的焦虑，这才摇晃起手机来，指望能从虚幻缥缈的网络空间里得到些许慰藉。

 呵呵，你想象力够丰富的！干嘛不直接去编部电影呢？

恕我直言，你得出的两起死亡事件背后隐藏着一个凶手的结论，只是出于你本人的臆想而已。请不必惊讶于我的认真和执着。我已经调查过了，吴女士死于车祸的的独子名叫齐亮，所以在你说的剧情里他才化名为亮一，对吧？虽然肇事车辆逃逸无踪，但根据尸检报告，死者体内酒精浓度超高，事故原因可以推断为本人在意识不清又时当夜深的情况下穿越马路，结果被车撞上。至于吴女士，她曾抹着眼泪告诉房东，在交还儿子租住的房子以前，她会清除干净他留下的一切痕迹。不管她身为母亲这样做出于什么样的心理，就因为这点，警方勘察现场后认定她是清理房间时死于意外，并未怀疑有人蓄意谋害。

如果再告诉你，齐亮上班的公司就叫英吉力商贸有限公司，在你说的剧情里化名为英吉的那位年轻老板确实英俊潇洒，有多少女孩为了上位成为他的正牌女友争得打破了头，你心里会有怎样的滋味？另据齐亮部门的一位同事回忆，曾听他柔情蜜意地跟一位被他叫作"阿晴"的女孩通过电话。如果我没猜错，你的名字里就该有个"晴"字吧？

怎么不说话了？

7 月 8 日下午 14:47

忙着收拾东西，没工夫听你在这儿瞎说八道。你要真能编，就把幕后凶手到底是谁给编出来啊。我就问一句，你说根本不存在凶手，那匿名邮件又是谁发的？你该不会说，那也全是这女孩臆想出来的吧？

我说过，请不必惊讶于我的认真和执着。昨天晚上我联系上了小齐的房东，不出所料，那套房因为死过人，到现在还没租出去。听说我想看房，房东就带我进了门。我本意是想多了解一点小齐的情况，看到墙角有台落满灰尘的台式电脑，一问正是小齐留下的。我觉得从电脑里或许能查出点名堂，就向房东提出买下它。那台电脑年头很老，配置也低，值不了多少钱，房东正准备找个收废品的给拉走，看我出的价比他预想的高，挺爽快就答应了。现在电脑就在我手边。在掘地三尺一般查过上面的所有信息后，我有了一个惊人的发现。你绝对想不到的！

什么发现？

你收到的那封邮件，就是从这台电脑上发的。

我没收过什么邮件，跟我压根儿没关系好不好？可就算照你这么编也说不通啊！难道凶手在老人死后又潜入房子，就为从电脑上发封邮件？

不存在所谓的凶手。因为视频和照片都是老人本人拍的，邮件也是她本人从这台电脑上发的。

 更说不通了！邮件明明是在老人死后发出的，死人怎么可能发邮件呢？

 其实再简单不过啦。老人发的是时光邮件。

 时光邮件？！

对。

 你是说……她死前就把邮件写好了？然后设定了发送时间？

 没错，就是这样。邮箱里还存着她早已写好的另一封邮件，设定成还要再过半年才会自动发送给你。在这封邮件里她承认了，这一切都是出于她的苦心安排。

她先是故意叫你帮她去买消毒液和洁厕灵，还特意交代留下购物小票。等到你把东西给她送去时，她又故意发飙，硬栽是你偷走了小齐手里的宝贝，惹得你跟她大吵一场，为的是让事先藏在书柜玻璃门后的摄像机录下吵架的场面。至于那件所谓的宝贝，她说也完全是她编出来的，只是要给你头上安插一个貌似成立的杀人动机而已。她说了，她的死其实是一桩故意伪装成意外的自杀事件，跟你完全无关。

 编得更离谱了！为什么老人要自杀？为什么自杀了还要伪装成意外？为什么同时要去陷害那女孩？如果我真是那女孩，你说说老人为什么要那么折磨我？

7 月 10 日晚上 21:09

已经离开北京了吧？

我今天去了趟英吉力商贸公司，直接找到了那位邹总。他真以为我是小齐的大学同学，跟我聊了挺长一段时间。原来邹总跟小齐不光是同乡，双方的家庭还有点渊源关系。这些你恐怕都不清楚吧？小齐妈年轻时跟小齐爸热恋，不久老齐参军去了外地，两人约定等他一复员就结婚。老齐有次回家探亲时，跟小齐妈偷尝禁果，让她转眼有了身孕。老齐返回部队后很快开赴对越作战前线，结果在战场上为保护一位战友不幸牺牲，而那位战友正好就是邹总的父亲。

老齐临死前，恳求战友转告老家的小齐妈一定留下自己的孩子。可小齐妈当时是未婚先孕，齐家人根本不接受她。因为在将近三十年前的那个年代，一旦发现老齐有私生子，就意味着彻底毁了他的英雄形象，不但烈士称号会被撤销，齐家人也得不到烈属才有的抚恤金和各种照顾。小齐妈的父母也逼着她赶紧打掉孩子。可或许是对身边所有人的薄情寡义极度失望和愤懑，性子偏强的小齐妈宁可与家人断绝关系，宁可背负千夫所指的恶名，还是把孩子生了下来。从那时起，小齐妈含辛茹苦，独自一人将小齐抚养长大，可以说她的全部心血都倾注在小齐身上。

邹总的父亲则因为立功授奖，复员转业后进入某大公司领导层，从此平步青云，儿子在父亲的荫庇下也一帆风顺，直到在北京办起自己的公司。邹总念在老齐对自家的恩德上，辗转找到毕业后留在北京的小齐，将后者招进公司。

我还了解到，小齐死前当天赶上公司聚餐，邹总曾当着在座职员们的面，说当年要不是老齐保住他父亲的性命，那今天他和小齐的命运或许会截然相反。估计就是这番话让小齐深受刺激，所以那天喝了太多酒，回家路上精神恍惚，结果遇上车祸。

再说一下我的推断吧：小齐妈知道你怀孕后，马上想到了当年的她自己，想到了她被铁石心肠的齐家摒拒于门外的惨痛经历，想到了她在周遭所有人白眼和谩骂之下的孤傲坚持。儿子的死让她的整个世界一下近乎崩塌，她只能把对儿子的深爱转移到尚未出世的婴儿身上。她希望你也能像当年的她一样去做，义无反顾地把孩子生下来，没想到你却打定主意要流掉孩子。

她或许也能理解你的苦衷，但如果保不住儿子仅存的血脉，那她过去这么多年的辛苦付出就彻底失去了意义，包括为了儿子终生未婚，包括信守对死去爱人的承诺，包括承受过去三十年来的各种磨难、伤害、不公和屈辱。这时她的心理已接近失常，为了留住你腹中的孩子，绝对会不惜任何代价去做任何事。

但她既没钱，也没房，她唯一的筹码和赌注只有自己的命。

她故意设局将自己的死栽到你头上，却又并没将所谓的证据交给警方，目的就是逼使你不得不为了保命留下孩子。至于后一封邮件的发送设定在大半年后，是因为那时已经过了你的预产期，她断定孩子已经生下来了，所以到那时才向你公开真相并请求你的原谅。

7 月 13 日晚上 19:29

你说不理解老人所做的一切，这就是我给出的解答。说出上面这些，我心里也非常非常难过。没错，老人的确是死于自杀，但我又感到在她的抉择背后，似乎真的存在着某个隐形的凶手。这凶手到底是谁，我也说不上来。就仿佛在刺眼的阳光下，你分明看到有团阴影从地面飘过，但抬起头四顾寻觅，却又找不到这阴影是从哪儿投来的。就是这种感觉。

不多说了，想必你已收到那封原本半年后才能收到的邮件了吧？不管怎样，任何人都无权用道德来对你的抉择作出评判。愿你听从内心最真实的声音。祝你幸福。

假如真有我说的那部片子，那你猜猜它的结局会是什么样的。

 呵呵，两个多月没你的回音，我还当你再也不会出现了。要我来猜嘛，老人那封提前解密的邮件彻底打消了女孩心里的顾虑，她还是照以前的计划流掉了孩子，和那位追求她的高富帅一起走向新的生活

 错！

 怎么错啦？

 为什么不能是她做出了一个决定，要把这孩子生下来，好好抚养他或者她长大？

会这样吗？当初为了嫁入豪门，她打掉孩子的心那么坚决，无奈留下孩子不过是为求自保。现在嫌疑洗清了，为什么又改变主意了呢？

那我告诉你吧，她不喜欢自己的未来被别人决定。跟你说的一样，当她到了必须为自己做主的时候，她只会听从内心最真实的声音。就在揭开真相前的这段日子，她与肚子里的孩子日夜为伴，能感觉到孩子在她体内一点点地长大，能感觉到孩子给她快要枯萎的人生注入了一股新生命的活力。怎么说呢？就是那样一种时时刻刻与孩子同呼吸共命运、相互依存、无法割舍的感觉，把她身上的母性彻底激发出来了。所以她作出的决定是：管他的呢，就把孩子先生下来，以后的事，以后再说吧。

下午 14:31

我现在又到了五道口的街头，就在雕刻时光门口。你要是还在北京，我很想见你一面。

如果我真是挺着大肚子的孕妇，又快要成为单身妈妈了，你还想见？

1 分钟前

见！

■□ 　　@透明色：今早，一位来五道口上班的年轻女孩走出城铁站时，无意中听到路边有位三十多岁的男子在咬牙切齿地自语："等着吧，老子叫你们统统活不过今晚……"当时女孩还以为此人是个疯子，直到在公司楼下看到警方贴出的一纸通缉令，才惊觉刚才遇见的正是照片上的杀人凶犯。（点击看通缉令大图）

微博直播追凶案

以下内容均摘自微博热门话题＃五道口实时追凶＃，为方便阅读，已调整为按时间先后排序。

导语：警方悬赏通缉的在逃杀人犯现身北京五道口，疑在今晚前实施危害公共安全的重大犯罪！

主持人的话

@透明色：今早，一位来五道口上班的年轻女孩走出城铁站时，无意中听到路边有位三十多岁的男子在咬牙切齿地自语："等着吧，老子叫你们统统活不过今晚……"当时女孩还以为此人是个疯子，直到在公司楼下看到警方贴出的一纸通缉令，才惊觉刚才遇见的正是照片上的杀人凶犯。（点击看通缉令大图）

@透明色：女孩当即报警，但警察赶到城铁站口时，男子早已不见踪影。可以推断，如果男子真是凶犯，这番话无疑意味着他在警方追捕下已近绝望，丧心病狂地打算继续行凶报复社会。在此提醒五道口一带的居民和上班族们，请时刻留意身边，务求于天黑前找到凶犯，协助警方将其捉拿归案。

微博讨论

@锈钉：仅凭女孩的一面之词，就能确定这人是杀人犯？她要认错人了怎么办？

@肩上蝶：我也希望是我认错人了。可当我第一眼看到通缉令上的照片时，脑子里马上涌出的念头就是：这不正是我刚才遇见的那个疯疯癫癫的家伙吗？当时我还没来得及细看通缉令上写的体貌特征，就已经有了这种强烈的感觉，你们要说我认错人了，那我也没办法。

回复@格巫格巫：当时后脊骨就有点嗖嗖发凉呢。

回复@牧狮子的羊：不管别人怎么看，反正我觉得马上报警，再把这事告诉同事和朋友，都是做了我该做的事。

@荆钗裙布：哦，路上刚撞见一人，转眼就发现这人出现在通缉令上，发生这种巧合的概率未免也太低了吧？

@花雅欢：看通缉令上写的："犯罪嫌疑人真实身份不详，涉案时以林罗昆为化名，身份证及各类证件均系伪造……"既然这家伙藏得这么深，警方连他的底儿都没摸着，凭什么说他已被逼得无路可走，准备狗急跳墙了呢？

@冰河期猛犸：好吧，就算这家伙真是杀人犯，谁又知道他当时在地铁口边不是信口胡言？网友们有必要这么杯弓蛇影、如临大敌吗？再说了，他要真想干点儿啥的，直接动手就是了，犯得着当着路人的面嚷嚷出来吗？

@透明色：一开始我也觉得不必拿这事太当真，可等了解这家伙的犯罪过程和作案手法后，我又改变了想法。

@江南一果：通缉令上除了写这家伙杀人在逃，别的什么都没提啊！他到底怎样犯的罪？拜托哪位能说得详细点么？

@超辣：刚跟一位闺蜜通电话，她丈夫就在海淀公安分局。据她打听，这家伙先是通过非法集资诈骗到上千万元，就在警方根据举报快要查到他头上时，他赶紧找到一位长相酷似自己的男人，残忍地用毒药毒死对方，再精心伪造成是他本人服毒自杀的假象，然后就带着所有的钱人间蒸发了。

@Tecinese：想不到这家伙还是个高智商罪犯！那他毒死替身然后金蝉脱壳的计策，怎么就被警方识破了呢？

@鬼脸牧师：是这样，办案警察一开始发现尸体时，也以为是他本人畏罪服毒自杀。可随后在墙角垃圾桶里找到几张撕碎的纸片，拼起来是一张朝阳区某某浴池的结账单，办案警察就起了疑心，因为以这人的消费水平，不大可能去如此低档的公共浴室。

回复 @棉桃儿小象：警察找去那家浴池，将照片出示给老板和员工们看。他们都一眼认出了此人，说他不久前来浴池洗过几回澡，当时还得意扬扬地向人吹嘘，说刚得到一份高薪给大老板当替身的差事。

回复@幽忧倩影：警察接着又查找到此人租住的一间小平房，发现里边极其简陋寒酸，完全不合集资案受害者们描述中那位衣着光鲜、发型考究、一看就是养尊处优的老总形象。房东确认照片上的人就是租户，还说此人非常抠门，为水电费的几个小钱都斤斤计较，决不可能是敛财巨丰的大诈骗犯。

回复@水小灌：是，警察找到了更多证据，证明有极大可能死的只是替身，真正的凶犯却逍遥法外。

@守望者：既然凶犯能从数百人手上榨到上千万，还实施如此高超的骗局企图蒙蔽和误导警方，虽说百密一疏最终功亏一篑，但已足可证明此人绝非等闲。大家也不想想，这样一个集奸诈、阴毒和冷酷于一身的家伙会轻易在街头现身，还随口将自己的下一步犯罪计划昭告天下吗？不服来辩。

@谁是谁的谁：大家都别在这儿叽叽歪歪的啦，这话题纯属哗众取宠，吓死人不偿命。

@金小狮：报告网友！刚接表姐电话，说她十分钟前看到一个很像凶犯的男人进了展春园小区里一家日杂店。当时她从那儿买了点东西正要出门，这男人匆匆进来，差点儿跟她撞上。她一再说跟照片很像很像，另外通缉令上写的"35岁左右，身高约1.7米，体态瘦弱"，这几条也全合得上。

@2213℃银：那还磨蹭个啥？赶紧报警啊！

@闺阁有女：有在展春园附近的网友吗？马上通知小区保安

和联防队，先将这人控制起来！

@蘑菇头小米：我一哥们抄上家伙正火速赶去，大家为他加油！

@幸福猫招财：我现在就在展春园小区，日杂店老板就站我对面。他说刚才是有这么一人来过，通缉令不写凶犯是南方人么，他就说这人说话确实带点儿南方口音。大家猜怎么着？这人竟然买走了店里全部的老鼠药！对，你没看错，就是老！鼠！！药！！！

回复@空地秋阳：没开玩笑，千真万确。

@物业管理师：这人必是凶犯无疑，看来是真要下手了！

@淼：店里全部的老鼠药？老板没说具体数量多少？毒性多大？最多能毒死多少人？这么重要的问题都不先搞搞清楚？

@倩影霓裳小馆：老板也真是，怎么一点儿警惕性没有？就任由他一次买走所有耗子药？也不追问一下他到底安的什么心？

@宝贝翁翁：请问现在是讨论这些的时候吗？赶在天黑前抓住凶犯才最要紧吧。我查到离那儿最近的东升派出所的电话，可打过去一直占线。

@溪山行履客：情况十万火急！警察应该全面出动，封锁日杂店一带，必要的话来它个地毯式大搜捕。

@寂然99：很多外地网友恐怕还不清楚五道口是个什么样的

所在吧？此地汇聚着众多高校和 IT 巨头公司，是来华留学生的最大集聚地，又有大片新旧混杂的居民小区。凶犯肯定是看中这里人口密度高，构成复杂，流动性大，既便于隐匿行踪，一旦作案又能造成巨大波及面，甚至引起国际震动。

@小甲壳虫虫：我可以肯定地告诉大家，展春园的物业管理部门正在查看监控录像，暂时还没发现凶犯身影，大家多点儿耐心。

@渔野先生：分析一下凶犯的心理——在精心设下的骗局破产，通缉令转眼遍布全城，机场、车站及各交通要道都被警方严密布控的情况下，凶犯自感身陷重围无路可逃，于是决意铤而走险，在人口密集区域重施投毒故伎，无非就想死前拉上更多的人给他垫背。

@无发无言：认出了凶犯！三年前在南京曾被这厮开的假公司骗去一笔钱，等发现上当已不见人影。公安局虽然立案，但因这厮用的全是假材料，且没留下半点儿蛛丝马迹，至今都没破案。没想到如今在北京再次露头，更变本加厉走上谋财害命之路。强烈希望将这厮绳之以法，出俺心头一口恶气！

@金色的孩子：别把五道口说得那么神好吧？其实也就巴掌大一地方。凶犯就算再狡猾，只要大家擦亮眼睛，难道他还能钻进地缝里躲起来不成？

@理发师于导：两年前我在深圳会过此人，可以肯定他用的也是假名。当时曾被他害过一道，详情不表，只以血泪经验告诉大家，此人不光奸诈而且歹毒，为了钱是什么事都干得出来。

@风吹过来：大家注意！我现在财经东路靠近城铁线边的一处自行车修理摊。听摊主说，一位符合凶犯特征的男人刚刚路过这里，从他手上买走了一根撬棍。

@一饱钵：撬棍？他买这个干嘛使？

@我是小工：单看撬棍不好说，可要是把撬棍跟老鼠药搁到一块儿？

@光着脚去北极：修车用的撬棍是把车胎从钢圈上卸下来的工具，但也可以有其他多种用途。凶犯完全可以用撬棍撬开水管的开关或阀门，向自来水中投放毒药！
回复@会飞的马克熊：应该马上通知五道口的所有公共设施、各小区各居民楼，立刻加强对自来水管道的监控保护！

@珍妮少爷：啊！对饮用水源下毒？这也太恐怖了吧？

@吉祥佛：但愿凶犯也能上网，看到大家已发现他的行踪，不得不暂时收手。

@霸气沐风：我就是集资诈骗案的受害者，凭我对凶犯的粗浅了解，这畜生被逼得越紧只会越犯偶，以眼下的态势想叫他收手是根本不可能的。

@滚烫秀：就算凶犯推迟投毒时间，投毒的危险仍然存在。不在今天投，就会在明天后天大后天投，不在五道口投，就会在中关村三里屯国贸或别的地方投。照这么旷日持久下去，谁还能过安心日子？

@逐风流岚：午饭时让我爸在手机上看通缉令，他鼻尖几乎贴到手机屏上，盯着看了半天，掉头对我妈说："这人怎么看着那么像咱们老厂梁科长的儿子啊？"我妈接过手机，戴上老花镜一看，马上就说："没错，应该是！跟当年的老梁简直一个模子刻出来的……"

回复@潇歌：我在上海，父母一退休就把他们从湖南老家接来了身边。我爸马上给两位老同事打电话，他们看完我发去的通缉令，得出的结论跟我父母一致。

回复@翔胖子：已向警方举报。

@路易斯一世：刚刚路过荷清路上一水站，听说这里的电话都被打爆了，全是一次订五桶十桶的，水站都快断货了。向送水工一打听，原来是家家户户都担心自来水被下毒，这些天只好靠买桶装水度日了。

@伊雪梅朵：刚到优盛中心楼下取快递，发现这边也是人心惶惶，好多人正涌进超市抢购饮用水和饮料。我天，这是世界末日要来的节奏么？

@夜店醉客：刚跟湖南方面一记者朋友取得联系，嫌犯真实身份已落实。此人名叫梁胜，早年家住长沙湘龙机械厂（现为湘龙机械有限公司）家属宿舍，父亲曾任该厂财务科长。十多年前父母离婚，母亲另嫁移居国外，父亲不久因病过世，从那时起梁胜就消失在人们视线外，一直不知去向。

@钢琴岛的阿硕：天快黑了，老天保佑，警察千万要逮住这家伙啊。

@伊兰提：今天的五道口怎么啦？平时晚高峰车流水泄不通，城铁站门口排起黑压压长队的景象怎么不见了？一年中从没哪个时候像现在这么冷清啊……

@橙苹桃：重磅消息！刚在西王庄一老式居民楼前发现凶犯！此人提着一只蛇皮袋，鬼鬼祟祟地正要上楼，而楼顶恰好就有一只为全楼提供饮用水的水箱。幸亏居委会大妈及时发现，当即呼来小区保安，奋力将其擒获。蛇皮袋中查明确有鼠药和撬棍，可以断定该犯正准备从水箱投毒。

@红石：好惊险！整栋楼的居民差点儿就集体遭了毒手。

@泡泡青：提供线索和参与缉捕的人那么多，只怕公安悬赏的五万块都不够分哟……

@无游潇然梦：谢天谢地，今晚终于可以睡个安稳觉了。

@尘世美：大家先别高兴得太早，警察刚刚赶来西王庄，结果发现抓错人了。原来这人只是除四害的个体户，专灭老鼠蟑螂蚊子苍蝇什么的，北京城里四处跑，哪儿有活儿就奔哪儿。他昨天刚接到一单为五道口一老居民楼消灭老鼠的活儿，所以才去买了足量的老鼠药。

回复@假面修罗：那女孩在城铁口听到他那句"叫你们统统活不过今晚……"，不过是冲着他要消灭的老鼠说的。

回复@米与小米：老楼的下水道有张栅门锈死了，买撬棍就为对付它。

回复@消逝的云小屋：他上楼是想在每层楼道里都贴张小广告，他的活儿基本是这么招揽来的。

回复@朝颜：据说保安向他扑过去时，他一下吓懵了。等到居民们里三层外三层把他围在当中，他还不明白发生了什么事，一脸惊恐加茫然的表情。

@更却曲央卓玛：折腾半天，原来虚惊一场！

@舞火：怎么感觉像看了出闹剧……

@肩上蝶：没想到结果会是这样！我为给大家带来的惊扰表示深深的歉意。我并不认为自己做错了什么，毕竟看网友贴出的那位除四害工人的照片，跟凶犯的相似度还是很高的，相信这点大家都不会否认。不过，由于不少网友的恶意谩骂给我造成极大的精神困扰，我还是决定即刻销号退出微博。

@时间是一种幻觉吗：虽然纯属误会，但如果没有这场误会在网上引起的轰动，没有全国各地网友的热心围观和积极参与，那或许到现在还没揭穿凶犯的真实身份。就冲这一点，还真得感谢这位错认了人的女孩呢！

@有容无形：估摸凶犯是这么计划的：先用假身份诈骗，得手后杀死替身，这样就能让他的罪行在侦查案卷里画上句点，他的真身将从此彻底逃离警方的视线，而诈骗到的巨款也将永远查无踪迹。等过些年人们淡忘此事，那时他就能堂而皇之地结束隐匿生活，回到真实身份，回到那个叫梁胜的人。

@HoohooHwang：也不知这家伙现在藏身在哪儿？会怎样挥霍那笔钱？

@煮手老毒：看到那么多人为这是一场误会而感到庆幸，我只能无限悲哀。凶犯被抓住了吗？没有。凶犯再度作恶危害社会的可能消除了吗？没有。既然这样，大家有什么理由认为结局圆满，皆大欢喜，悬着的心可以就此放下了呢？

@爱笑的梦娜：警方已经发布更新后的通缉令。相信天行有道、法网恢恢，凶犯必定逃脱不了应有的惩罚。

……

@透明色：三个月前创建的这话题，现在还有谁在关注？五道口的生活早已恢复惯常的平静，当时的紧张和骚乱如今偶尔被人提及，也顶多作为一桩笑谈。谁能猜出案子的背后还藏着更多秘密？谁能想到故事的结局远不像表面看来的那样简单？其中的来龙去脉相当曲折，非长微博不能尽述。（点击看长微博）

案情真相

据知情人透露，警方在接到网友举报后，第一时间便对梁胜展开了调查。就我掌握的情况，揭开梁胜走上犯罪之路的缘由，还得先从他的家庭背景和成长经历说起。

梁胜出生在一个典型的知识分子家庭，父亲从财经学院毕业后，进入当时还属国营企业的湘龙机械厂，从会计做到财务科长，母亲则是同厂的设计工程师。1995年国企改制风刮到湘龙，老梁负责为厂里的资产估值，为人正直、坚持原则的他违逆厂长的意愿，坚持按资产实价上报，结果比厂长预定的数额高出数千万。本想借机侵吞公产的厂长大为恼怒，而平均少分了几千块补偿金的职工们也对他极为不满。老梁从此成为众人仇视和唾弃的对象，并在改制后被无情地踢出工厂。梁胜的母亲不能理解丈夫，两人就此离婚，梁胜跟了父亲。因为丢了饭碗又找不到其他工作，老梁只好去湘江边的码头上卖苦力挣钱，不多久就因劳累过度，抱病而死。

梁胜是个独子，在学校一直品学兼优，成绩名列前茅，还担任过班长和学习委员等职。然而，家庭的变故恰恰发生在高考前一年，巨大的打击令他性情大变，再不见以往的开朗和活泼，代之以极度的消沉和缄默。父亲一死他就提出退学，这时距离高考只剩最后的半个月，令那些相信他笃定能考上名校的教师们无不扼腕叹息。随后他便离开让他饱尝人情凉薄的家乡，开始四处漂泊闯荡。据警方调查，这些年来他辗转于多地，伪造多个假身份，一直靠诈骗为生。他的心态已完全扭曲，或者说他心里憋着一股气，非要逼着自己变成过去他最为痛恨的那类人，而且过去对于那类人有多痛恨，现在成为那类人的意愿就有多强烈。他似乎只有以这样自轻自贱自虐自渎的方式，才能弥补父母离异家庭破裂给他造成的创伤。而一个人如果走到他这一步，事情的结局往往就不由自己掌控了。

警方在确认梁胜的身份后，对他可能藏身的去处一一进行了搜查，但都无功而返。梁胜就像被风吹跑的一缕青烟一样，消除了一切存在的痕迹。就在这件案子即将沦为积案归档封存时，发生了一件意想不到的事——远在海南岛的一位年轻女人抱着刚出生的孩子找到警方，声称她是梁胜的女友。她也是从微博上看到发生在北京五道口的那起追凶案，才从照片上发现警方通缉的人正是自己的男友，而在这之前，她根本不知他涉案的化名叫林罗昆，更不知他真名叫梁胜。她说梁胜已将诈骗款转到她手上，现在她愿意交出这笔钱来，作为条件，只求警方在逮捕梁胜后能免去他的死罪。

海口公安局的警察一开始不相信女人的话，直到来到她的住处，从一只厚厚的床垫里翻出一捆捆钞票，才意识到女人并没有胡诌。

故事到这里揭开了另一面。当然，部分是基于警方调查到的事实，部分是出于我本人的推想。梁胜在行走江湖的诈骗生涯中邂逅了这位女人，虽然女人只是个再普通不过的北漂族，长得也不能说有多出众，但她的善良纯朴，连同对他无条件的轻信，都使他受到异乎寻常的吸引，两人很快发展到同居。他或许是从女人身上看到了曾经的自己，并意识到那才是他被压抑已久的真实本性，由此内心深处不时陷入一种拉锯般的痛苦。他还能回到从前吗？他或许也曾自问，但无法自拔的处境只会替他作出否定的回答。对于女人提出的结婚要求，他一再借故推诿，只因他的身份是伪造的，去民政部门登记必然暴露。不久女人怀孕，梁胜强烈地感到有责任让未来的母亲和孩子过上好日子，于是着手策划和实施后来的这起集资诈骗。但他担心女人发现他在犯罪，更不希望一旦失败牵累到女人，因此早早在海南租好一处房子，让女人过去住下，叮嘱她在那边好好养胎，等他一忙完生意上的事就过去陪她。

集资进行得非常顺利，梁胜到手的钱转眼过了千万。这时警方已接到举报，暗中对他展开调查。梁胜自知被定性为诈骗只在迟早，到那时不但自己难逃一死，所得的钱也将被悉数没收，一分也落不到心爱的女人和孩子头上。他当机立断，匆匆将巨额现金塞入一只卸去弹簧的新床垫里，打包托运到女人的住处。办完这件事后，他才横下心来继续实施既定的计划，这才发生了大家在一开始的通缉令上看到的那桩投毒杀人案。

但这些就是案子的全部真相吗？不，还不是！

警方发现床垫里藏着梁胜几乎全数的诈骗款，这说明他本人并没留下什么钱。警方推断或许过些日子等风头过去，梁胜自然会来找女人，因此只要对女人严加监控，就一定能发现梁胜的踪迹，甚至在他现身时直接将他拿下。但女人交代说，梁胜只是在她收到床垫前给她打过最后一个电话，从此再无联系，之后等她再要找他，却发现他的手机号已经停机。海口的办案警察将被梁胜毒死的那位替身的照片拿给女人看，原本只想向她证明梁胜的心肠狠毒，促使她交代出梁胜更多的底细，哪知女人看到照片，一时目光惊恐，脸色煞白。她坚认死者就是梁胜本人。

办案警察一开始还是不相信女人的话。但女人有个刚满月的女儿，而死者的尸体还保存在北京的冷藏库，将婴儿身上的毛发取样送到北京，跟死者进行 DNA 比对，结果表明……女人并没有胡诌，死者确实就是梁胜！

这是怎么回事？原来梁胜杀死的根本就不是什么替身，而是他自己。至于他是何时下定自杀的决心，不好判断。一方面，有可能是他内心深处的善恶拉锯超越了他所能承受的极限，以至于迫切地想给自己早已过厌的人生来个彻底了结。另一方面，更有可能是他担心警方终有一天会循着他的斑斑劣迹查清他的真实身份，那将给他的女人和孩子造成毁灭性的打击。于是，利用诈骗案曝光前的一点空隙，他自扮一位潦倒落魄的中年男人，租廉价的平房，去池水污浊的公共浴室洗澡，故作神秘地向人吹嘘自己找到了一份当替身的工作，又精心埋下能让警方发现这一切的线索。他就是为着在他服毒自杀后，误导警方得出是他杀害替身然后携款潜逃的结论，误导警方去追寻一个在这世上不再存在，也永远不可能找到的人，这样就能确保自己的女人和孩子在未来的岁月中安然无虞地享用他留下的财富。

办案警察至此恍然大悟。困扰他们很久的一个谜团也随之解开，那就是为什么费了那么多工夫去调查那位替身的身份，结果却一无所获。

女人坚持要去北京看看梁胜的遗体，警方同意了她的要求。于是就在上周，女人带着襁褓中的孩子搭乘火车北上，目送装在尸袋里的梁胜被送入火化炉中。据陪同的警察说，女人当时哭得特别凄惨，让周围的人们无不闻声动容。试想，梁胜出于对女人的感情，决意牺牲性命去换取金钱，而女人同样出于对梁胜的感情，却选择放弃金钱来保全他的性命，以至于令梁胜的万般苦心前功尽弃。谁又能够想到，个中种种变局的发生，竟然都拜一场街头错认引发、全民围观参与的微博直播事件所赐呢？

最后说下那位被误认成凶犯的大哥吧，因为这事他在网上一夜爆红，已有多家企业争相聘请他做广告代言，代言的产品从灭鼠药到电蚊片，从消毒液到敌杀死，甚至扩展到五金工具和自行车。更离奇的是，据说当初那位举报他的女孩如今正是他的经纪人。如果这一消息属实，那会让人不禁要问，当时的误认究竟是事发偶然，还是一场精心策划的炒作？不过，这已是与案情无关的另一个话题了。

■ □ 　　本报 3 月 7 日讯　北京号称首善之区，五道口又是人文荟萃之地，按理说本该一派升平祥和气象，然而不幸的是，一桩令人发指的罪案竟在这里公然上演。

疑案剪报

本报3月7日讯 北京号称首善之区，五道口又是人文荟萃之地，按理说本该一派升平祥和的气象，然而不幸的是，一桩令人发指的罪案竟在这里公然上演。

昨晚九时许，一妙龄女子刚刚走出文津国际大酒店门外，就被两名以白色口罩遮脸的歹徒挟持进一辆出租车。歹徒持刀控制住女子，同时胁迫司机将车开往指定方向。当车行至西四环边僻静处停下时，歹徒用刀柄猛击司机头部，致使他失去意识，待他苏醒过来，发现自己被扔在路边灌木丛中，出租车已不见踪影。

接到报案，警方第一时间追踪出租车的GPS定位系统，并在上地环岛附近将车截获，结果发现它被载于一辆汽修厂的拖车上。看来绑匪相当狡猾，谎称车出故障而求助于汽修厂，目的无非是转移警方视线，为藏匿和逃跑赢得更多时间。

据悉，被绑架女子名叫高娅，26岁，为强人网络科技公司职员。该公司位于五道口清华科技创业园区，归属著名风投家韦志旗下。就在记者准备对高娅的背景展开进一步调查时，却意外地在微博上收到一位名为"超级小混混弗里达"的网友发来的私信。该网友称不久前曾偷拍到韦志与一年轻貌美女郎在车内激吻的照片，证实女郎就是高娅，只要记者按他开出的价码付钱，就能得到这组照片。

今年35岁的韦志出身草根白手起家的发迹史，堪称一段传奇，而外表俊朗帅气加上至今单身，使得无数年轻女性将其视为心目中的男神。他和被绑架女人质到底是什么关系？记者拨通韦志的手机，但他一听记者提出的问题，马上态度冷漠地断然否认认识高娅。记者还想继续追问，他却极不耐烦地以"我正在开会"为由挂断电话。此后多次重拨，手机一直处于无人接听状态。

　　记者转而致电强人公司，但前台接线生称韦总不在，又称对涉及高娅的问题不便回答。

　　记者随后联系网友"超级小混混弗里达"，显示结果却是"此微博不存在"。经向其他报业同行多方询问，才知这位网友拍摄的韦志与高娅的亲密照，已被强人公司抢先买走。

　　初步推断，韦志之所以极力掩盖与高娅的关系，一方面是担心损害本人在公众和粉丝心目中的形象，一方面是怯于熟知内情的绑匪提出的巨额赎金要求而不愿破财。记者随机采访了数名路人，大家听完简述的案情后，纷纷表达了对于韦志此举的鄙视。

　　某超市女导购："这事明摆着嘛，就是老板玩弄了女员工，摊上了事却不肯负责，真心替那位女员工不值！"

　　某跳广场舞的大妈："他咋是这样的人啊？亏他还是我闺女的偶像呢。"

　　某大学生："这事又一次拉低了我对富人道德的期望值。"

　　某股民："这家公司的股票代码是多少？不管别人买不买，反正我绝对不买！"

虽然以上观点纯属个人意见，并不代表本报立场，但记者同样认为，身为公众人物要想赢得公众的长久爱戴，除了事业上的成就外，更重要的还在其道德水准和担当精神。如果为一己私利宁可舍弃感情，甚至漠视人命，只会断送公众对他的敬仰和信任，毁掉自身的社会形象。在警方侦破工作尚未取得突破之时，韦志先生的姿态能否转变，或将成为决定人质安危的关键。

本报将密切关注此案，及时给广大读者带来最新报道。

本报3月10日讯　三天前发生在五道口的绑架案，真相依然扑朔迷离。前晚，记者得知韦志按计划要去某电视台录制一档财经节目，马上赶到现场，正遇上有观众追问演播台上的韦志为什么不肯拿出赎金去救女友，韦志却拒绝回答，令不少观众大感失望，群起发难，场面之混乱使得节目录制被迫中断。最终还是了解实情的女主持人不顾韦志阻止，向观众说明了他的隐衷。

原来高娅并非韦志的秘密情人，而是尚未对外公开的新婚妻子！十年前一个偶然的机会，创业初始的韦志遇上身为孤儿的小高娅，同为苦出身的韦志对她心生怜意，从此不断给予精神上的关怀和生活上的资助，待她大学毕业又将她招入自己的公司。这时的高娅，早已由先前那个面色苍白、瘦骨伶仃的小女孩，出落成明眸皓齿、清丽脱俗的大美女，两人的关系也势不可挡地迅速升格为恋情，并以不久前秘密领取结婚证而达到顶点。原定婚宴下周日在文津国际大酒店内的西餐厅低调举办，只邀少数至亲好友参加，而高娅被绑架前正是提前去酒店踩点。

此时的韦志再也抑制不住感情的流露，痛苦地自责没有能力保护好妻子，又说哪怕赔上自己的全部财产，甚至用生命去换回妻子也在所不惜。然而，绑匪勒索的并不是钱财，而是强人公司正在研发中的一款理财软件。据女主持人介绍："这款软件中用以修改设计缺陷的后门程序很容易改造成木马病毒，一旦借助伪装吸引用户下载，就能远程操控用户的电脑和手机，盗取所有个人信息，还能轻易将账户上的钱全部提走。"

交出软件，否则撕票，这就是绑匪开出的条件。一方面是心爱妻子的生死存亡，一方面是公众的个人隐私和信息安全，该如何作出抉择？记者发现，韦志这位在商场上无惧任何困难的"强人"，第一次露出了内心软弱的一面。看着他离去时无助的眼神和落寞的背影，现场观众们这才意识到先前的误会深深刺伤了他。

当晚发生在演播厅的一切，被一位微博名为"见性即佛空了了"的热心观众拍成视频发到网上，立刻引爆微博和朋友圈，该视频的点击总量两日内已突破三百万。一时间，这起绑架案成为媒体舆论和街谈巷议的热点，多数市民都对韦志陷入的困境深表同情，更对不法分子的罪恶充满义愤。

与高娅情同姐妹的密友邵小姐接受本报采访时，呼吁所有具有良知和正义感的市民们立刻行动起来，共同查找绑匪的踪迹，为警方提供破案线索。

一家民营公司的老总楚先生给本报发来邮件，表示愿免费为全社会提供公司最新研发的人脸智能识别系统，以协助警方追踪绑匪。

在五道口语言大学门前卖鱼饼的小孙特意给本报打来电话，称自己虽然只是小贩，但一定会时刻留意视线所及范围，为破案贡献微薄之力。

被绑匪打伤的出租汽车司机刘先生，刚刚伤愈出院便宁可放弃拉活，第一时间带着数家媒体记者重走绑匪走过的路线，详述绑架案种种细节，只求有助于确定绑匪的体貌特征和可能的去向。

此外，强人公司的老对手之一摩胜公司，被视为绑架案的幕后主谋频遭黑客攻击，有名为"后眼"的黑客组织在网上曝光了该公司的多份文件，已涉嫌违法被公安机关抓获。然而，摩胜公司得知攻击行为仅为查明绑架案真相，不仅表示理解，还承诺在警方释放黑客后对其高薪聘用。

在这北京春寒料峭的时节，记者感受到了广大市民和商家散发出的人性温暖，禁不住要为这满满的正能量点赞。这个时代已被习惯性地贴上世风日下、人情凉薄、私欲作祟、唯利是图的标签，然而市民们在绑架案发生后的种种表现，却又让人欣喜地看到了转变的开始。原来他们是骨子里有情怀、懂大爱、很英勇、能作为的一群人，用实际行动诠释着良知、责任、自我价值、志愿精神这些沉甸甸的词汇。正是耳闻目睹这些动人的事迹，让记者更加坚信那句老话：正义或许迟到，但绝对不会缺席。

本报将继续关注此案进展。

本报3月12日讯　最新消息，数天前发生在五道口的绑架案已成功告破，不过该记首功的不是警方，而是普通市民。正是万众齐心织就了一张恢恢天网，才让不法分子无所遁形。

记者昨晚得到消息，两名绑匪在海淀公园附近被数名热心老人抓获，当即赶往事发地。老人中为头的是退休多年的秦大爷，出现在记者眼前的他身穿黄绿色的旧军服，胸佩数枚图案模糊的旧徽章，臂膀上戴着写有"巡逻"字样的红袖筒。据悉，当晚秦大爷作为义务治安员经过海淀公园西门时，发现有两男人拽着一年青女子偷偷摸摸进到一阴暗角落。秦大爷马上联想到热议中的绑架案，警惕性很高地招呼几位老伙伴一同过去查问。两男人见势不妙，慌忙拽着年青女子想要强行离开，结果秦大爷招呼众人一拥而上，很快将两男人制伏在地，用皮带捆住手脚，随即押往附近派出所。

得知记者是来采访，秦大爷的老伙伴们争相谈论起老秦的身世和为人。

大爷甲："老秦参加过对印自卫反击战，荣立过二等功，转业后又当过保卫干事，到底是老革命，觉悟高啊！"

大爷乙："这老伙计70多了，毕竟侦察兵出身，身子骨还是那么利落，像扛沙包一样，几下就把一大个绑匪给撂倒了。"

（下转B3版）

上接A2版

大爷丙："别看他平时言语不多，可时刻都保持着警惕性，这次抓住绑匪绝不是运气。"

目光锐利、炯炯有神的秦大爷摆手制止住大家对自己的赞扬，警惕地要求记者出示证件。确认记者身份后，这位可敬的老人才面色稍稍舒缓，郑重地说道："这事没有什么好宣传的，与违法犯罪分子作斗争，是每个公民义不容辞的责任。现在的物质生活比以前丰富多了，可社会也充满了种种不安定因素。我只希望用自己的行为教育更多人，必须透过现象看本质，从蛛丝马迹上去发现坏人坏事。"

望着秦大爷离去的背影，记者陷入沉思。随着社会老龄化的日益加重，老年人需要得到的关爱越来越多，然而，这位年过古稀的秦大爷并没有在家安享晚年，而是继续在社区生活中贡献余热，竟然还能率众力擒歹徒，实在令人叹服。反观现在的年轻一代，终日沉迷于智能手机和平板电脑，缺少体育运动，耐力、力量、速度等体能指标持续下降，超重和肥胖青少年比例明显增加，试问如何靠他们孱弱的体质去托举起中国梦？一旦发生战争，他们又如何能像秦大爷当年那样奔赴战场、保家卫国？

截至发稿时，警方正对被抓获的两名绑匪进行突审，本报将随时关注最新进展。

本报3月13日讯　误会澄清，前日出现在海淀公园西门的两男一女系从事非法性交易，并非五道口绑架案的三名涉案人。记者随后从秦大爷儿子口中得知，老秦根本不是什么退伍军人，也从没当过保卫干事，他从前其实是南方某小城市的铁路装卸工。20世纪80年代，货运车站丢失了一批化肥，负责装卸的老秦一度成为怀疑对象。在强大的精神压力下，自证不清的老秦由此患上妄想症。从那时起，他便将自己幻想成一名退伍军人，时刻在查找着身边偷东西的坏人，一遇可疑对象就会上前严加盘问。自从被儿子接到北京的住处，他更觉有责任维护首都的社会治安，于是整日穿着从旧货市场淘来的军服和徽章四处溜达，而他纯属臆想出来的个人履历，居然让身边的其他老人们信以为真。

与此同时，记者得到最新消息，绑匪之一已被警方抓获，此人的身份是一家房地产公司的合同工。据了解此绑匪极为嚣张，竟向公安机关邮箱发去电子邮件，狂傲地挑衅："有能耐来抓偶啊！"公安机关正是通过查询IP地址，在学清路上的一处出租屋内将其抓获。

记者第一时间赶到这家房地产公司，采访了绑匪的同事，得知此人自小在离异家庭长大，脾气暴躁，与同事间关系不睦，时常满腹牢骚，认为自己在公司没有得到重用。

一位同事反映，此人有次曾为加薪问题，裸露上身直闯女上司的办公室。

另一位同事则称，曾见

此人故意不将所住出租屋内的蚊子打死，而是将其赶入蚊帐，自己则以加班为名到公司过夜，并解释此举只是要活活饿死蚊子。

记者随后采访了国家一级心理咨询师徐先生，得到的分析结论是，此人具有典型的反社会人格，这种人格的主要特征是无社会责任感、无道德观念、无恐惧心理、无罪恶意识、无自控能力、无悔过之心、无真正感情，干出这样一桩绑架案来一点都不意外。

记者认为，对于此种极为病态的反社会人格者，全社会都应本着人道主义的精神予以全面关怀，将他们的情绪和行为置于必要的监控下，及时进行心理疏导乃至药物治疗。否则，如果任其实施危害他人的行为，后果将不堪设想。因此，在谴责该名绑匪所犯罪行的同时，人们是否更该反思一下社会自身的失责？

据悉，此案正在进一步审理中，相关详情本报将随后奉上。

本报3月16日讯 五道口绑架案又传新消息！昨日，微博名为"盘角羊二号"的网友转发一则题为《90后女孩与绑架案嫌犯当街搏斗》的新闻，讲述13日傍晚，一位在朝阳区酒仙桥路卖糖炒栗子的女孩，发现停在街角的一辆面包车上下来一个形迹猥琐的中年男人，鬼鬼祟祟地四下张望，怀疑有可能是绑匪之一，于是便借推销栗子上前搭话。男人见女孩看出自己的破绽，急于上车开溜，女孩马上紧紧拽住他一只胳膊，两人随即扭打起来。女孩毕竟身单力薄，很快被重重地击倒在地，绑匪匆匆驾车逃离。在新闻配发的一张目击者抓拍的照片中，只见这位容貌秀丽的女孩一边挣扎着从地上爬起，一边拨打报警电话，她头发凌乱，嘴角渗血，单薄的上衣已被撕开，甚至露出了乳罩和一小截底裤。

记者浏览了该微博下众多网友的评论，几乎一面倒地都是赞美之词。随后有网友爆出，此女孩名叫苏乔乔，出生在河北张家口一个普通的工人家庭，家境贫寒，全靠卖糖炒栗子供弟弟上学。姣好的面容，苗条的身材，加上正直而无畏的心，立即为其赢得"九零后最美女孩"的称誉。一时间，苏乔乔这一名字爆红网络，不少网友称她的行为感动了整座城市，学习并追随这位女孩理应成为全社会的价值追求和道德风尚。更有男性网友大呼："这么美的'仙女'谁不想娶回家？"

与此同时，警方透出消息，之前被捕的那位房地产公司合同工系假冒绑匪，也并非反社会病态人格者。原来不久前，和此人一起北漂的女友因投入另一有钱老男人的怀抱而与其分手，其假冒绑匪的目的竟然只为发泄心中怨愤。这说明绑架案的真凶依然在逃。

昨日傍晚，记者来到酒仙桥路，见到了正在售卖糖炒栗子的苏乔乔。她的摊位前排起长队，很多人只为一睹她的真容，拍照留念，然后扔下钱就离开。虽然满脸倦容，却掩不住她的青春靓丽。当记者想要拍张她的正面照时，质朴低调的她却有些腼腆地赶紧转过身去。

一直等到苏乔乔卖完了当天的栗子，记者才找到机会跟她说话。据她回忆，绑匪的年龄介于35到40岁之间。"当时就是觉得那人看着可疑，又看到车号牌被污泥遮挡，打开一半的车门里还露出一只像是年轻女孩的脚，马上就联想到刚听顾客提起过的绑架案。我觉得有责任查清是怎么回事，也没多想什么，就离开摊位走了过去。"

"现在网民们都称你是'九零后最美女孩'、'糖栗西施'，你知道吗？"听到记者这么问，苏乔乔马上脸红起来，反复说："这没什么大不了的，又没有真的抓到绑匪，这事不值得报道。"

据常来买糖炒栗子的丛先生介绍，苏乔乔是个善良热心的姑娘，对顾客态度极好，要是路过的行人或司机想问个路、帮个小忙什么的，她总是笑脸以对，有求必应，有时看到孤寡老人经过，还会主动送上一包剥好壳的栗子。

看着路灯下的苏乔乔忙着收拾摊位准备离开，想到她独自一人扛起了姐弟俩的全部生活，记者不免对其自立自强的精神心生敬佩。再对比不久前媒体报道过许多大学生将积攒一段时间的脏衣服寄回家去，洗完再寄回来的新闻，作为苏乔乔的同龄人，他们难度不该为两者间的天渊之别感到汗颜？

据悉，公安局刑侦专家已根据苏乔乔的描述画出了嫌犯头像。期待案情很快能有实质性进展。

本报3月18日讯　近日关于"九零后最美女孩"苏乔乔的新闻被证虚假，有眼尖的网友从那张现场抓拍照片上发现，她所穿底裤系出国际最奢华名贵的内衣品牌C.Gilson，随即挖出此女原为北京某艺术院校毕业生，家境富有，所谓与绑匪搏斗纯属一场精心策划的炒作。目击拍照者和接受采访的"老主顾"，包括网络水军，都是经纪公司预先安排好的。

出现在媒体镜头中的苏乔乔，已经一改在街头摆摊作秀时的清汤挂面女形象，满身名牌，烟不离手。她对炒作一事毫不避讳，还满不在乎地表示："这多大点事儿呀？瞧你们一个个口诛笔伐的。演艺圈里的潜规则又不是什么秘密，年轻的女演员要想成名，哪个不得付出点儿演技之外的代价？像我好几位女同学，都是通过陪睡，要么混成了二线明星，要么拿到了广告代言。我也想红啊，可又不想丢失自尊，所以这回利用绑架案来增加曝光度，也是实属无奈。"

另据网传，五道口绑架案的嫌犯之一蔡某已投案自首，警方根据其交代展开搜捕行动，但当赶到五环外一处废弃工棚时，发现绑架案另一嫌犯带着人质早已逃离。

记者马上赶往海淀分局刑侦大队了解情况。相关负责人告诉记者，经调查，蔡某自首行为系受一个名为"万乐家"的地下赌博集团暗中操纵，工棚中有绑匪和人质留下的痕迹，不过是该赌博集团放出的烟幕弹。原来，赌博集团竟拿广受公众瞩目的五道口绑架案侦破日期开盘口，通过蔡某假自首一举卷走众多参与者下注的赌金。

昨日深夜，警方出动数十名警员，一举捣毁了隐蔽在西城区一商贸楼内的"万乐家"赌博集团总部，查扣涉案服务器16台，冻结赌资1000多万元，查清涉案金额高达1.87亿元，14名团伙骨干悉数落网。

另据了解，假冒绑匪自首者蔡某本是安徽省定远县一个很有能力的小包工头，带着一帮村民来京承包工程，不料却遇甲方欠薪。为争面子给同村人垫付工钱，他只得走捷径参与赌博，结果落入圈套，欠下赌博集团的巨额高利贷，因而被迫答应听从后者的摆布。

在丰台区玉泉营桥附近，记者对蔡某的施工队进行了采访。

农民工华某："警察一定弄错了吧？蔡老板可是大能人啊，谁敢欠他的钱？我们就是冲这点才跟着他混的。"

农民工葛某："蔡老板要拿这点钱还得去赌博？笑话，俺村上的五保户都被蔡老板包养了。"

然而，蔡某的媳妇却这样告诉记者："他这人就是死要面子爱吹牛，家里都欠了几十万外债了，他还借钱给村上办事呢！"

对于蔡某的遭遇，记者只能感叹：面子观念真是害死人。人一旦爱面子过了头，往往容易做出一些不切合实际的傻事，喜欢玩虚弄假，在人际交往中变得虚荣和虚伪。当面子成为人们遮掩和粉饰自身缺点和错误的借口时，就必须对它加以涤荡和摈弃。

有关案情的进展，本报将持续关注。

记者传真

本报3月23日讯 据最新消息,五道口绑架案已成功告破,人质获得解救,两名绑匪落网。令人震惊的是,绑架案的幕后主谋竟然是韦志本人!

原来,韦志所谓旗下公司研发的是款理财软件,其后门程序易于被改造成木马病毒的说法,完全是欺骗公众和舆论的幌子。他投入重资开发的,其实是一款以追逐和逃脱作为主题的游戏。

众所周知,在竞争激烈的游戏业,一款游戏的成功首先有赖于如何吸引玩家的眼球,而传统的宣传推广方式不但耗资巨大,作用也难于保证。怎样以最小的投入获得最大的广告效应呢?精明狡黠的韦志想出了一个"妙招"——他隐藏身份从网上雇用两名绑匪,对自己的新婚妻子实施绑架,目的就是要以警方不断追逐绑匪,而绑匪不断逃脱的惊险过程吸引全社会的关注,再将游戏套上这一现实事件的外壳,使其在随后上市时能产生轰动效应。

于是,韦志一方面以伤心欲绝的模样当众煽情,一方面却又通过各种方式与绑匪暗通消息;一方面假装积极配合警方的追捕,一方面却又随时为绑匪提供庇护。而两名绑匪依照他的暗中指引,带着人质数次改换隐藏地点,有意遭遇民众的目击和媒体的追踪,直至引来警方的追捕。在这一过程中,韦志指示公司的研发团队,将游戏调整为模拟警民追逐绑匪的真实过程,并假惺惺地称不论妻子能否平安归来，这款新游戏都将成为两人爱情的最佳见证。

随着绑架案的剧情不断加码，游戏的各环节都得到改进，玩家的体验也更趋精彩刺激。当虚拟的游戏接近完成，韦志觉得是时候结束现实中的游戏了。他本打算让绑匪收取酬金后远走高飞，从此隐形匿迹，而新款游戏将在他的妻子安然归来后马上推出，届时他将宣称，这是为鸣谢警方和热心市民而让研发团队特意赶制的。

计谋如此完美，没想到还是被警方识破。据悉，昨日中午韦志已被警方从强人公司带走。

据警方介绍，两名绑匪分别是徐某和黄某，为河北景县同乡。徐某27岁，大学辍学后染上赌瘾，为挣钱还高利贷而从网上接下绑架这件活。黄某34岁，北漂，无固定职业，在徐某唆使下答应协助绑架。两人被捕后均对犯罪事实供认不讳。据两人交代，他们从未见过雇用他们的金主，只收到过对方从秘密地点交付的首笔佣金5万元，且已约定在保证人质安全并完成指令的前提下，可再获得15万元。他们称自己并非有意挑衅警方和戏弄公众，不过是为了拿到剩下的佣金，一步步按照幕后金主的指示在做。

获救后的高娅住进了一直和她情同姐妹的好友邵小姐家中，并拒绝接受媒体采访。昨晚，邵小姐在电话中对记者表示："得知事情的真相后，高娅的心态一下变得很消沉，获救的喜悦荡然无存。要知道，她的感情经历非常单纯，韦志是他的初恋，是她生命中唯一的男人，所以有这样的反应也是可以理解的。请大家暂时别再打扰这位可怜的女孩，就让时间慢慢愈合她内心的创伤吧！"

昨日下午，记者来到清华科技创业园区，看到强人公司门口已贴出告示，称根据公司目前状况，董事会将尽快召开会议确定应对办法。而原本挂在走廊墙上与韦志有关的宣传资料和图片，已被悉数摘除，不留痕迹。

回顾一下，韦志其人出身寒微，通过奋发图强走上成功之路，成为网络时代万众瞩目的风云人物。然而，在耀眼的光环笼罩下，他渐渐迷失了方向。由于三观严重扭曲，私欲膨胀的他竟将新婚妻子当作逐利的筹码，以撒谎和炒作来博取公众的同情和社会的关注，肆意挑战法律，最终在罪恶的泥淖中越陷越深，无力自拔。韦志的坠落理应让全社会所有人警醒：贪得无厌，必将造成理智的崩塌和人性的泯灭。

目前此案正在进一步审理中。

本报4月12日讯　上月发生在五道口的绑架案再起波澜，高娅的好友邵小姐竟因涉案被警方带走调查！

据悉，一直被高娅当成"贴心死党"的邵小姐，近日匿名在网上发布了一段时长约3分钟、场面不堪入目的色情视频，并称这段视频是从秘密渠道流出的，摄于高娅婚前两个月，其中那位面目不清、赤身裸体、在夜店包厢与数名年轻男人性乱的女人就是高娅，足证后者绝非传说中那般纯洁。警方运用网络侦缉技术，确认视频的发布者就是邵小姐，随即展开进一步调查，又揭开一个更为惊人的秘密：当初绑匪曾逼高娅打电话给邵小姐，叫后者转告韦志如两小时内不作答复，就将对高娅毁容，但邵小姐偏偏故意拖延了将近三小时才转告韦志。

难道邵小姐这样做，真是想让自己最好的朋友惨遭毁容的厄运吗？答案看似荒谬却是肯定的。幸亏毁容只是韦志和绑匪为博公众眼球合演双簧的一个噱头，否则高娅的美貌早已化为乌有。至于那段视频，已有网友查明截取自一部日本AV，其中主演女优的长相和身材有几分近似高娅。

为什么邵小姐在媒体面前口口声声大赞高娅的纯洁，背地里却又往她身上大泼污水？带着这一疑惑，记者昨日下午在看守所采访了刚办完取保候审的邵小姐。沉默良久之后，她终于说出了心里话："我和高娅认识超过12年了，从初中到大学都是同学，她一直觉得我是她最好的闺蜜，其实我知道，在外人眼里我不过是她的陪衬而已。上大学时她就是校花，工作后又是身边所有男人关注的焦点，她哪方面都比我强，我心里越来越不平衡，觉得我的处境既悲凉又讽刺，真不愿意永远扮演这样的角色。这次绑架案本以为毁了她的容，今后她就再也没有在我面前傲气的资本了，没想到她毫发无伤地得了救，虽说婚姻破裂，却分到了一大笔财产，我实在是不甘心，所以……"

记者认为，邵小姐的所作所为给所有女性敲响了一记警钟，提醒她们在处理跟同性朋友的关系时要极其谨慎。如果在这种关系中处于弱势，那就得好好审视一下你们之间是否真有友情，如果你心里自认为是陪衬，那就怪不得对方当你是陪衬。相反，如果处于强势地位，那就该明白对方的攀比心有时候比别的旁人都更重，到你危急关头难保不会从背后捅你一刀。俗话说"防火防盗防闺蜜"，虽是一句笑谈，细究却不无道理。

但愿这是本案的最后尾声。

本报6月2日讯　两个多月前轰动一时的五道口绑架案，至今仍是众多市民茶余饭后津津乐道的话题。韦志已被检察机关起诉，等待他的将是法律公正严明的判决。强人公司研发的新游戏因为涉嫌恶性炒作，被有关部门勒令叫停。高娅成为改组后强人公司的新任掌舵人，正率领员工重整旗鼓，努力消除案件给公司形象造成的负面影响。

然而，这就是本案的最终结局吗？非也。记者昨日从警方获悉一则惊爆性的消息，绑架案的幕后主谋并非韦志，而是高娅！而她之所以这样做，竟是要向自己的新婚丈夫复仇！

原来，早在20世纪90年代末父母离婚后，年仅10岁的高娅跟着母亲一起生活。母亲呕心沥血养育高娅，自己省吃俭用，为女儿花钱却不含糊，聘请了当时还是大四学生的韦志当家庭教师。不久韦志毕业初创强人公司，筚路蓝缕，接到一笔业务却缺预付资金，他利用高母对自己的信任，说服她拿出了离婚时分到的五万元。到了说定归还的日子，韦志却不见人影，高母急匆匆地出门去找韦志，不幸在路上死于一场车祸。此时韦志投下的钱还没收回，于是一狠心私吞了这笔死无对证的借款，他的事业就此迎来转机，并迅速飞黄腾达。但他对年幼的高娅毕竟心中有愧，于是回过头去又在生活和学业上不断给予她资助，直到后来将她招入强人公司。两人的感情正是在这段共事过程中不断加深，最终冲破了那条一直由上司和下属、施惠和报恩所划定的关系界线。

这之后，有机会接触到强人公司陈年账单的高娅，竟然无意中发现当年韦志入账五万元，恰在她母亲从银行取走五万元存款的第二天。她终于明白韦志的第一桶金上蘸满她母亲的斑斑血迹，而多年来对她的慷慨资助，不过是为了抚平他良心上的稍许不安而已。

最挚爱的人陡然间变成最痛恨的人，这让高娅一下陷入自我撕裂般的绝望。她表面上不动声色，暗地里却决意复仇。她精心策划，用韦志的电脑上网雇用了两名绑匪，就在领取结婚证后即将举办婚宴的当口，指示两名绑匪对自己实施了绑架。她之所以要求绑匪勒索游戏软件的源代码，是因为这款游戏在她力主之下投入了强人公司几乎全部的资金，韦志一旦交出必被董事会革职，失去他最为看重的名誉和地位。

可以说，高娅直到这时还对韦志抱有某种幻想，希望他为救她能毫不犹豫地交出软件，那样的话，她也说不好会不会就此宽恕他从前的罪过。然而，让她万万没想到的是，韦志从绑匪的要求中看到的只是巨大的商机，根本没去顾及她的生死。

很快，高娅从两名绑匪一次次突出重围、化险为夷的神奇遭遇，猜出一定是韦志在暗中捣鬼，目的就是借绑架案来炒作即将上市的游戏。虽然内心遭受重创，可她并不甘心认栽。即便在被两名绑匪严控、毫无人身自由的情形下，她依然咬紧牙关跟韦志博弈周旋，决意把这出现实中的游戏玩到底。除了要让韦志的真面目彻底暴露，她更要依仗自己是他妻子的身份夺走整个公司。结果，两名绑匪正是在她的精心诱导下意见不合，导致行踪泄露，最终落入警方手里的。

随后的进程都按高娅的预谋在发展，差一点就让她笑到最后。所幸警方并未被假象蒙蔽，事实真相到今天终于水落石出。

记者认为，高娅的惨痛身世，固然很容易博得人们的同情，但这并不能作为为她开脱罪行的借口。众所周知，任何触犯刑律的公民行为，法律绝不会因为触犯者情有可原就网开一面，更不会因为其惩治的对象也是罪犯就免于处罚。当自己和家人遭遇恶行时，首先应想到借助法律的力量，学会通过法律来维护自身的权益，切不可采取过激方式引发社会动荡。否则，以恶报恶，谁能说得清手段的边界设在哪里？以罪制罪，难道不会陷入一种恶性循环？

案子虽已终结，但全社会的反思都不应止步。

本报6月17日讯　五道口绑架案已结案两月有余，但相关话题仍在持续发酵。正如记者看到的那样，有太多个人和商家都在以看似正当的理由贪婪无耻地消费着这起绑架案。

绑架案开始时借炒作人脸智能识别系统进行品牌营销的某民营公司，销售额比起几个月前猛增数十倍。

被绑匪打伤的出租车司机刘某频频接受采访，表面上是为帮助媒体和公众了解案件详情，但每次采访中都不忘强调自己的单身身份和择偶标准，透出他真正的意图在于征婚。

即便连那位患有妄想型精神分裂症的秦大爷，也没被商家放过。某老年保健品公司聘请他做电视广告，广告语居然是："自从服了脑力神，就再没发过病啦。"

在强人公司开发的追逃游戏被勒令叫停后，摩胜公司却趁机推出了真人版的绑架体验游戏，报名者可任意选择充当人质、绑匪、警察、见义勇为者等不同角色。该公司称此款游戏专为都市白领打造，可作为其在紧张工作之余释放精神压力的上佳选择，同时兼具扩大交际面乃至相亲之能效。据了解，虽然游戏收费不菲，参与者却极为踊跃。就在上周，摩胜公司居然还特为一对因在游戏中分扮"绑匪"和"人质"而结缘的年青男女举办了婚礼。

微信、微博、博客、网站、论坛、贴吧……为了达到吸引眼球、赚取流量、增加曝光率、提高知名度的目的，几乎都在不厌其烦地围绕这一热点事件炮制各种耸人听闻的话题，"钩沉"、"起底"、"揭秘"、"探源"、"追记"之类的字眼泛滥网络，从各个层面极力挖掘当事人的身份背景相互关系，有些显然已涉及恶意诽谤和人身攻击。譬如有文章称，韦志在为年幼的高娅当家庭教师时曾跟她母亲有染，还提到走访过当时高娅家的街坊邻居，将此事说得有鼻子有眼，活龙活现。但就是这样一篇一看就知是胡编乱造的文章，竟在一些论坛被当作精品置顶，人气指数居高不下。

许多营销性的垃圾短信，也都如蝇逐臭般地拿这一事件作为话头。更有多种新型电脑病毒应运而生，利用这一事件诱导毫无戒心的用户打开邮件附件，从而中毒。

此外，一部根据这一真实事件改编的电影正在紧锣密鼓地筹备拍摄，制片方豪言此片将集结两岸三地多位一线明星，并特邀话题人物苏乔乔加盟，将在年尾的贺岁档为观众再现这出爱恨情仇交织的人间悲剧。

更有甚者，某情趣用品公司推出了高娅版仿真充气娃娃，称之为"宅男必备神器"，一时风靡网上，销售火爆。

以上种种现象，令记者深为痛心。从现实社会到网络世界，如此多的商家和个人围绕这一事件推波助澜，争相逐利，折射出一种非常可怕的人性扭曲，发散出一种令人绝望的末世味道。记者想请那些借机炒作的商家和个人扪心自问，难道你们在对于这一悲剧消费至上、娱乐至死的心态中，就没有给最起码的良知留下一席之地吗？

附：本报声明

经查，在近期对五道口绑架案所作的报道中，本报记者喻某因职业操守缺失，部分内容有传谣和造假成分，已被开除公职。对由此造成的声誉损失，本报保留进一步追究其法律责任的权利，特此声明。

卖狗肉的宠物店

无比震惊，令人发指，五道口又出大事了！今天一早，我带着小皮诺参加一家名叫萌萌哒宠物店的开业典礼，去的时候满心欢喜，一来是冲着广告上说的豪华大礼包，二来也想让小皮诺瞧瞧热闹。万万没料到，到头来礼包没拿着，心却给伤透了！

以下内容均摘自微信朋友圈，略去图片和分享链接，仅保留文字部分

7 月 11 日

蟹蟹妮

无比震惊，令人发指，五道口又出大事了！今天一早，我带着小皮诺参加一家名叫萌萌哒宠物店的开业典礼，去的时候满心欢喜，一来是冲着广告上说的豪华大礼包，二来也想让小皮诺瞧瞧热闹。万万没料到，到头来礼包没拿着，心却给伤透了！大概因为礼包有限先到先得，我和小皮诺到那儿时，店门外已经排上了二三十位养狗人士。大家一边看着狗狗们互相嬉戏打闹，一边交流着养狗心得。忽然间，也不知从哪儿冒出一帮身份不明的家伙，一个劲地往门口凑，居然说什么得到消息，今天这儿开张的是家狗肉馆，凡是到场的顾客都能免费试吃。这帮可恶的家伙还用垂涎欲滴的口气对在场的狗狗们指指点

点，品头论足，甚至探讨起怎样杀狗最快速、狗身上哪部分最营养、狗肉怎样做最好吃。这不简直是拿刀戳我们这些养狗人士的心尖尖吗？我们当时就怒了，你一言我一语地训斥起他们来。刚刚赶到的男友听说这情况，一下没搂住火，抡起拳头就招呼过去了。结果两边不少人跟着动起了手，狗狗们受了惊吓全在狂呼乱叫。可气的是，等到城铁站边岗亭里的警察闻声赶过来，那帮家伙转眼间一哄而散，男友的手上却落下好几处伤，血流不止，只能赶紧上医院进行处理。到现在过去几小时了，我愤怒的心情依然无法平复。大家说说看，对于这帮恶意挑事的家伙，能就这么善罢甘休了吗？

稻子：照片上的小皮诺好可爱，听说是男友送你的生日礼物？

淡若晨岚：你男友这么拼，是为你还是为狗狗？

老黄：狗身上哪部分最营养？求答案。

蟹蟹妮：刚接一狗友微信，警察根据围观群众举报，已揪出一名滋事者。据他交代，他们这些人都是被网上的一条广告帖忽悠来的。那帖子里有张宠物店所在街道的实景照片，唯独把宠物店 P 成了狗肉馆，还说只要开业当天光顾的客人，都能免费享用一份狗肉。事情明摆着，这是有人成心跟宠物店过不去。

申子妈：这招够损的，谁是幕后黑手？

蟹蟹妮

忍不住好奇点开下面这条链接，不敢相信自己的眼睛！P 在实景照片上这家名叫香哇哇的狗肉馆，怎么还真的在营业？只要用鼠标点下招牌，马上会弹出一个对话框，跟着冒出一句标准的淘宝体："亲，有什么能够帮你的？"再接下去，就是一连串图片展示狗肉的不同部位和价格，还附上了盖红戳的检疫证明，说是只要填好地址电话，物流就会把拍下的狗肉尽快送到家，每日售量有限，拍完为止，可以货到付款，也可以网上支付。我就纳闷了，这哪是什么隐藏在幕后的黑手，简直就是众目睽睽下的明手嘛！

> 狗东西，看我怎样扒你皮，吃你肉！

海马：红戳盖得有点歪，是不是真的啊？
老黄：我只关心他们卖的狗肉是不是真的，质量有没有保证，出了问题咋处理。
蟹蟹妮回复海马：无语！
申子妈：跟宠物店叫上板了，也不知什么仇什么怨？

7 月 12 日

蟹蟹妮

男友今天上班，听一位了解情况的同事说，宠物店店主是个三十来岁的阔太太，自己养了条萨摩耶。她待这条萨摩耶简直就跟亲生儿子一样，开的这家店不单出售宠物的各类食物用品，还提供洗澡、美容、寄养、训练等多种服务，目的居然是要为爱犬创造一个类似幼儿园一样的集体环境，让它有机会多跟小伙伴们交往，挣不挣钱倒无所谓。

老黄：给自家狗狗办幼儿园？只能赞一句：母爱真伟大！

美雨：怎么我听到的说法是这女店主不能生育，所以才养了条狗狗作为精神寄托？

淡若晨岚：可怜的老板娘，为什么有人偏要故意整她？

申子妈：兴许是她老公得罪了什么人，害她受连累。

稻子：听说你就要结婚了，恭喜哟！

蟹蟹妮回复稻子：谢谢，下月带他回老家见父母，回来才领证。

稻子：转广大单身男青年：要跟女孩牵上手，先给女孩送只狗。

蟹蟹妮

大快人心，刚发现卖狗肉的网店被黑了！大家点链接，首先跳出来的是不是只毛茸茸的萨摩耶？旁边还打上了一行字："请别吃人类最好的伴侣！"看来这事不是宠物店老板娘雇人干的，就是有哪位黑客大侠看不过眼，主动替她出头的。

 香哇哇狗肉馆向广大爱狗人士请罪、谢罪、赔罪！

梅 may：虽说我打心眼里瞧不上那些对狗的感情超过了对人的爱狗极端分子，可这并不代表我会吃狗肉。

海马：我小时候家里养过狗，我也吃过狗，不过吃的恰恰就是养的那只。当时情况是，狗被一辆开过家门口的车压死了，妈妈不想浪费，就把狗煮来吃了，记得我还边吃边哭，但吃狗仅此一次。

丹尼尔：古人不说"仗义每多屠狗辈"嘛？说明杀狗吃狗，跟"义"字是不沾边的。想吃就吃，管那么多，嘻嘻。

老黄：我坚决不吃狗肉，因为就怕染上狂犬病毒，到时乱咬起身边人来就麻烦了。

烟斗客：估计就是你男友黑的网店吧？他可是学计算机的。

蟹蟹妮回复烟斗客：刚求证过，他没承认，可也没否认。

7 月 15 日

 蟹蟹妮

真可恨，狗肉店的链接又能打开了，这回居然还升级成了 360 度无死角全景照片。店里弄得就跟养生会所似的，男女服务员手捧货单跪列两旁，用的全是当红明星的动漫头像，可以随意挑人，是文字还是语音，是打情骂俏还是撒气发火，悉听客便。这背后到底是谁，非要跟宠物店对着干？难道不把宠物店整垮就不算完吗？

 你的美味，你的神

丹尼尔：在线人数好多，估计生意爆棚。

老黄：说句不怕得罪人的，我倒要为这家狗肉店的创意点个赞。各位不用出门，鼠标轻轻一点就能得到身临其境逛店的感觉，同时又能满足消费欲，还有一票男神女神恭敬伺候，任由差遣，这等便宜的美事上哪儿找去？

淡若晨岚回复老黄：节操呢？底线呢？

申子妈：就算老板娘的阔老公得罪了人，也别拿她开刀啊。有本事冲他老公去！

7 月 17 日

蟹蟹妮

大家看到没有？今天中午，北京电视台《特别关注》栏目报道了五道口宠物店与网上狗肉店的冲突。宠物店老板娘洪女士向工商部门投诉，说网店采用欺骗手段，在宠物店开业当天诱引一批狗肉食客前来搅局，酿成流血事件。她还说，在那之后，每天都有不少人到店询问卖不卖狗肉，给她和店员们造成极大困扰，也严重败坏了宠物店的口碑和形象。节目中，记者通过工商部门联络到网店经营方，后者却在电话中回应，他们的经营仅限于网上，所谓免费试吃狗肉，指的也是从网购渠道派发，只不过部分网友理解有误，至于网店的开业时间与宠物店一致，更是纯属巧合。

美雨：网店在实景照片上占用了宠物店的位置，这还不构成侵权？

蟹蟹妮：工商部门说以前从未碰到过同类事件，再说涉及电商的法律法规还不健全，处理起来缺乏依据。

就是花儿：那使用明星的卡通形象，也不算侵权吗？

蟹蟹妮：工商部门说了，我国法律还没作这方面的明确规定。

蟹蟹妮：男友说要在宠物店给小皮诺办张永久贵宾卡，以实际行动支持洪女士。

7月20日

蟹蟹妮

网上狗肉店又被狠狠教训了一次！就在昨天，多名网友分头网购多份狗肉，然而等伙计按地址一一送去，却发现全是公共厕所！伙计一次次哭晕在门外，网店只好宣布今后取消货到付款。

烟斗客：活该！

蟹蟹妮回复烟斗客：这回可以肯定地告诉你，这事是我男友和他同事们干的。

青青芳草：爱狗人士扳回一局！

美雨：没能让黑网店彻底关张，还是不解气。

7月22日

 蟹蟹妮

宠物店老板娘的狗丢了！今天下班路过，看到贴在店门外的寻狗启事才知道的。事情出在昨晚，洪女士带着她的小萨摩耶来到店里，当时两个店员在后边玻璃房给一只松狮洗澡，还有一个店员陪着松狮的主人在前边挑选狗粮。大约八点一刻，洪女士接了个电话，转头就发现身边的狗不见了。赶紧店里店外一通找，还是没有找到，这才醒悟是丢了！因为买来的监控镜头还没来得及装上，也弄不清当时进出店里的有哪些人，小狗是怎样消失的。这狗可是洪女士的心头宝贝，这下她简直跟丢了魂一样，到处贴启事发帖子，先是悬赏一万元，后来又加到三万元，可到现在还一点儿消息没有。可以断定这是卖狗肉的黑网店出于报复目的干的，可没有实打实的证据，也没法报案啊！

> 就是花儿：前年我家养的一只边牧也给人偷跑了，我也伤心了很久，所以特能理解老板娘此刻的心情。
>
> 申子妈：杀千刀的偷狗贼！
>
> 彪哥：只怕早给黑心网店宰了卖了。
>
> 美雨：建议对偷狗行为与拐卖儿童同等论罪！
>
> 老黄：精彩！这招是网店甩出的王炸，坐看实体店接下去如何出牌。

7 月 24 日

 蟹蟹妮

丢掉的狗有线索了，是一位家住华清嘉园的老大爷
提供的。前天晚上他沿街散步时经过宠物店，正好
撞见一个小年青抱着用黑布裹住的一团东西，慌慌
张张地从店里出来，经过老人身边时，黑布下隐约
露出一只小爪子。老大爷以为小年青是店里的顾客，
也没多在意，直到昨晚散步看见寻狗启事，才猛然
想起这茬事来，时间跟老板娘发现狗不见了正好一
致。据老大爷回忆，小年青也就二十出头的光景，
瘦长脸，短平头，当时急匆匆奔到路边，搭上了一
辆出租车。毫无疑问，这小年青就是偷狗贼，甚至
就是杀狗凶手，因为要在短短几分钟内让一只狗动
弹不得，不是用麻药把狗麻翻了，就是直接下毒把
狗毒死了。

蟹蟹妮：眼下最要紧的就是把这个小年青找出来！
虽说已过去两天，未必还挽得回老板娘爱犬的性
命，但只要查实这事是网店幕后主使，没准所有肉
源都是通过这种非法而残忍的手段获得的，那就
至少能把黑网店彻底打掉，免得更多的狗狗遭殃！
蟹蟹妮：急盼知情者提供线索！
稻子：你不赶紧跟男友准备婚事，还有闲心管这些？
蟹蟹妮回复稻子：你没养过狗，不了解丢狗人的
心情。再说，我是真怕小皮诺成为下一个受害者。

7 月 25 日

 蟹蟹妮

报告大家，事情有了戏剧性的进展。通过北京交通
台103.9频道，很快找着了丢狗当晚载过那位小年
青的出租车司机。据该司机回忆，小年青上车时神
色紧张，说话直喘粗气，等车开动了才放松下来，
随即还发出一阵怪笑，让人听得心里发毛。因车内
光线较暗，司机没看清黑布里包着的到底是什么，
然后也忘了具体他在哪里下的车。不过，司机提供
的另一条线索，却对明确小年青的身份起到了关键
作用，那就是后者说话带明显的江浙口音。有网友
据此深挖，得出一个乍听令人意外，细想却又顺理
成章的结论——偷狗的小年青不是别人，正是老板
娘洪某的丈夫与他前妻生的儿子小泽！

原来二十年前，小泽爸是温州乐清一所中学的校办
工厂厂长，小泽妈是该校语文教员。就在小泽出生
那年，小泽爸因为利欲熏心贪污公款被判刑入狱，
让一直自重于为人师表、对名誉视如生命的小泽妈
羞愤难当，投海自杀，留下不到一岁的小泽只能跟
着外公外婆一起生活。小泽爸刑满释放后，对小泽
不闻不问，丝毫没有愧意，自顾远走北京，靠着不
知从哪儿诈骗来的资金在五道口做起温州海鲜生意。
善于经营的他很快发了财，还找了比自己小二十岁

132

的洪某成家。洪某名校毕业又颜值超高，身边围绕着无数同龄的追求者，她却主动投怀送抱，很现实地选择了事业有成的小泽爸。毫无疑问，没人相信她对小泽爸这个恶名昭彰的老男人会有什么真正的感情，无非是为了傍着他过上梦寐以求的富人生活。

至于小泽，有网友查明，他确在半月前离开老家来到了北京。

猫猫咪呀：偷狗报复的做法固然不可取，但考虑到报复的对象是姓洪的这号女人，倒也可以理解。

美雨：那赶紧把小泽找到，看狗狗是不是还活着啊！

蟹蟹妮回复美雨：男友说查到了他的手机号，可怎么打都是关机，他在北京住哪儿也没人知道。

申子妈：唉，离异家庭长大的孩子，心理难免扭曲。

丹尼尔：过去这么多年一直生活在母亲自杀、老爸是个罪犯的阴影下，再看老爸出狱后不但很快发迹，还娶了个年轻漂亮的老婆，日子过得别提有多滋润，心理不扭曲才怪呢！

淡若晨岚：开宠物店原来是装圣母，对老板娘从此粉转黑！

老黄：谁有这拜金女的照片？贴出来让咱对她颜值打个分。

7 月 26 日

蟹蟹妮

要给小皮诺买条新的颈套，就叫男友路过五道口时进了趟宠物店，结果他回来说那儿乱成一团糟。好些个顾客都拿着先前买的东西跑回去要求退货，还有一个中年妇女正在发飙，说是寄养在店里的狗狗指甲给剪出了血，而且叫声也不如以前温顺了，认定狗狗在寄养期间受了虐待。老板娘说狗的指甲里本有血线，再好的美容师也难免有剪出血的时候，至于脾气有些异常，大概是还没适应寄养在笼子里的生活。可不管老板娘怎样解释，中年妇女就是不接受，反而提出必须赔偿她和狗狗的精神损失。见老板娘不答应，中年妇女就把网上骂她的那些难听话统统搬了出来，其他那些等退货的顾客也在一旁跟着附和。这时不知谁趁乱推倒了一排货架，各种猫粮狗粮、食具玩具稀里哗啦滚落一地，不少顾客就势上前哄抢，随即溜之大吉。男友说，当时就连店员们都为老板娘挨的那些骂感到面上无光，对于发生在眼皮底下的哄抢只是敷衍性地做做试图制止的样子，实则等同于袖手旁观。这时候老板娘什么话都没说，只在一旁默默流泪。

稻子：有两张照片拍糊了，是不是你男友手上的伤还没好？

彪哥：这女人倒是挺会演戏的嘛！

猫猫咪呀：她要识时务，趁早把店关了！

老黄：开赔偿宠物精神损失的先河，新鲜！

7 月 30 日

蟹蟹妮

看网友的最新爆料：卖狗肉的网店跟小泽完全没关系。知道这网店是谁在背后开的吗？小泽爸，没错，就是老板娘的现任丈夫！这两人真是特奇葩的一对！女人借口为自己养的狗开宠物店，其实只是为了多个法子从男人手里榨钱。男人对这点自然也是心知肚明，表面上装作对女人开店挺支持，暗地里却和京城一家狗肉馆联手，借实景照片开起卖狗肉的网店，跟宠物店死缠烂打地唱起对台戏。

 妻子开宠物店，丈夫竟以卖狗肉拆台

海马：太狗血了，夫妻俩斗智斗勇，丈夫跟前妻的儿子还跑出来搅局……

singingbear：男人为了从精神上折磨女人，还真舍得下血本。

丹尼尔：真是一对狗男女！

8 月 3 日

蟹蟹妮

事情的真相再出新版本！大家想不到吧？洪女士当年竟是小泽妈所教的学生。八年前，刑满出狱的小泽爸一文不名，而洪女士当时刚从美院研究生毕业，供职于北京一家薪酬丰厚的设计公司。是她在回到老家时主动联系上小泽爸，并且拿出自己的全部积蓄帮他建起了海产加工小作坊，就连第一单生意都是通过她的关系拿下的。要说小泽妈自杀一事，当年在全校闹得沸沸扬扬，洪女士即便年幼，对于前因后果肯定也一清二楚。但她为什么会无视小泽爸过往的劣迹，无视他给家人造成的苦难，更无视旁人对自己的种种非议，主动跟他接近，直至两年前成为他的新婚妻子，确实让人费解。不过可以肯定的是，小泽爸在度过十余年铁窗生涯后能很快咸鱼翻身，跟洪女士的倾力支持密不可分。那些所谓洪女士是看上小泽爸的钱才傍上他的传言，跟事实正好相悖，完全是无稽之谈。

据说，过去这些年里，小泽爸始终觉得最愧对死去的前妻和儿子小泽。生意做到北京后，他几次想把小泽从老家的外公外婆家接来身边，都被从小对他怀恨的小泽拒绝。洪女士看出他的顾虑，为了不让他和小泽的感情产生更大裂隙，自结婚起便打定主意不要孩子。也正因为这个原因，她才养了条狗给自己做伴。小泽爸深知从女人立场出发孩子的重要性，可不管他怎么劝说，洪女士就是不听，还说以后就把小狗当自己的孩子来养。看到洪女士在小狗身上倾尽爱心，甚至专为它办起了宠物店，小泽爸认为她对小狗的心理依赖已近乎病态，只有让她意识到狗不过是狗，与人无法相提并论，才有可能让她在生孩子这事上转变态度。于是，他这才煞费苦心地暗中办起了这家卖狗肉的网店。

 狗肉馆 VS 宠物店，夫妻互斗另有隐情

梅 may：剧情翻转太快，晕！
君：再费苦心也不值得同情，毕竟那么多狗狗成了牺牲品！
美雨：老板娘为爱做出的牺牲，令人感动。
老黄：还是不理解女人的做法，既然不是为钱，那男人身上到底有什么吸引她？
蟹蟹泥回复老黄：知道你为什么至今单身吗？告诉你，爱要是都讲条件，那这世上便永无真爱了。

8 月 17 日

 蟹蟹妮

听男友说，失踪多日的小泽终于露面，而且洪女士的狗确实是他偷的。原来前不久，小泽爸跟洪女士商议，说小泽从老家一所末流大专毕业后，一直没找到工作，所以考虑把他接来北京，在自己的公司里给他找份事做。洪女士知道丈夫心里一直放不下儿子，当即表态支持。小泽一开始照例拒绝了他爸的提议，但捱不过外公外婆一再劝说，最终答应成行。然而，就在小泽刚到北京他爸家的那天，看到洪女士把自己养的萨摩耶口口声声叫作"儿子"，又在这"儿子"面前把小泽爸也叫作"爸爸"，他顿感受了莫大侮辱，因为自己竟跟小狗成了兄弟。于是他愤而从网上购得麻药针，特意挑选洪女士带着小狗来宠物店的时机下起了手。至于狗肉馆和宠物店之间的冲突，他那时还完全不知情。

彪哥：小狗是不是被他宰了或卖了？

蟹蟹妮：那倒没有，他偷了狗狗后一直带在身边。听说他是在朋友圈看到别人转发的消息，得知他爸和洪女士围绕养狗发生的种种故事后，才意识到自己做过了头。

猫猫咪呀：狗狗被他折磨得够呛吧？

蟹蟹妮：也没有。听说那天他带着狗狗来店里时，跟它处得特亲密，还对店员说：客气点哟，这可是我老弟！

美雨：小泽这两天就在店里帮忙，跟老板娘处得还挺融洽，真是个暖人的结局啊！

心灵之约：狗肉馆的链接打不开了，看来这下是真的关张了。

青青芳草回复心灵之约：据说有家 IT 公司从网上狗肉店受到启发，准备投重金打造一款实景购物平台，先拿五道口试点，还说未来可能把王府井、西单、南锣鼓巷等著名商业街统统搬到网上。

老黄回复青青芳草：足不出户就能在线上享受逛街的乐趣和网购的实惠，这里面蕴藏着多大的商机？我早预言过了，当时好些人表示不服，现在还有啥话说？

9 月 23 日

 蟹蟹妮

大家想不到吧？宠物店的故事并没有到此结束。日前，就在记者前去采访时下受到网友热捧的老板娘洪女士时，她却当场情绪失控，声泪俱下地讲述起发生在多年前的往事：

当年她刚刚升入初中，还是小泽妈班上学生的时候，初潮袭过，情窦初开，暗恋上了当时正是校办工厂厂长的小泽爸。不管课上还是课间，只要小泽爸出现在视线中，她都会近乎痴迷地注视着他的一举一动。她觉得相貌堂堂、风度翩翩的小泽爸就是心目中的理想男人，她将来要共度一生的伴侣就得拿他当模子去找。不过，虽然如此喜欢小泽爸，她对小泽妈更多是羡慕，有时会不由自主地幻想自己替代了小泽妈的角色，随即又为这样的幻想脸红自责。但她就是忍不住，总想多看一眼小泽爸，于是时常凭着自己班干的身份在放学后去小泽妈家里，帮着照顾一下还在襁褓中的小泽，或者分担一点家务。当然，小泽爸因为工作繁忙，很少在家，但只要能看看压在桌面玻璃板下他的相片，抚摩一番他天天用的物件，感受到他存在的气息，对她来说都是一种莫名的满足。有一天放学后她又来到小泽家。那时因为小泽突然高烧，小泽妈刚把他送去校医务室，她看到门没关，就推门进去，像往常一样打扫起卫生来。擦桌子时，她盯着玻璃板下小泽爸的照片看入了神，随手从桌上拿过一张白纸，用圆珠笔对着照片描画起小泽爸的形象。画完后，她又情不自禁地在旁边加上了扎小辫的自己，让自己幸福地依偎在小泽爸的肩头。正当她沉浸在让她面红耳热的幻想中时，突然听到门外传来小泽爸呼喊小泽妈的声音，惊慌之中，她赶紧将那张画了画的纸揉作一团，塞进衣袋里。结果门外的小泽爸听邻居说了什么，转身就往医务室跑，她也跟着像是逃离犯罪现场一样匆匆出门。

等她回到家里，才发现从桌上顺手拿起的那张纸背面还有字。原来那是一张小泽爸签字的借条，将校办工厂一笔数额很大的现金拆借给某家公司。她想，要是把这张纸送回小泽家，那画在背面上的画就会被发现。而这时她义务帮教师分担家务的事迹刚刚上了报纸，又接连被被评为学校和全市的三好标兵，要是暗恋小泽爸的秘密曝光，不但所有荣誉都将取消，她也会遭到所有人的嘲笑。这样的后果她越想越害怕，犹豫再三，最终偷偷毁掉了那张纸。过了两天，小泽爸怎么也找不到放在家里的借条，心急火燎。借钱的那家公司到期还不了款，见小泽爸拿不出凭据，索性来个拒不认账。小泽爸因为无法自证清白，被认定私吞了这笔公款，很快被警方拘捕。对于发生的这起冤案，洪某明知是自己的责任，却怯于承认。随着小泽爸被判刑，小泽妈又自杀，她背上的心理包袱越来越重，压得她再也不敢公开事实。这么多年过去，她一直活在这事的阴影下。所以当得知小泽爸出狱，她费尽周折主动联系上他，随后所做的一切都是在替自己赎罪，只是背后的原因秘而不宣。她假称是顾及小泽父子的关系才不要孩子，其实是因为她深知自己才是造成小泽一家家破人亡的罪魁祸首，是因为她自认根本没有要孩子的资格，是因为她只想以这样的方式来惩罚自己当年的过错。现在，看到人们又一次误解了她完全出于私念的行为，近乎荒谬地给她贴上道德楷模的标签，就跟二十年前刚上初中时的情形一样，她精神上再也无法承受。这就是她当着媒体的面，哭着坦白了隐瞒多年的上述秘密的原因。

 宠物店女店主获评"感动网友十大人物"

海马：没想到五道口一桩实体店和网店的纠纷，背后竟有如此复杂的故事！

淡若晨岚：就算公开真相又怎样？过去发生的事都无可挽回了。

蟹蟹妮：其实不该指责这个姓洪的女人。假如同样的事落到我们头上，谁又能保证我们不会做出和她同样的选择呢？只不过把婚姻当作赎罪的工具，这么做值得吗？

稻子：对了，你婚礼定在哪天？

蟹蟹妮回复稻子：什么婚礼？我跟他都分手了。

稻子：分手了？为什么？

蟹蟹妮回复稻子：主要在教育小皮诺的问题上，分歧太大。我说每天要按时带小皮诺出门散步，按时大小便，按时睡觉。可他非说该顺着小皮诺的天性来，别太严格管束它。前些日子我们一直在为这个争吵，他说小皮诺是他花钱买的，应该听他的，我说小皮诺已经送我了，应该听我的。既然没法达成一致，那就只好分手呗。

老黄：分分合合，都是因狗而起。唉，搞不清你和姓洪的是该谢狗，还是恨狗？

美雨：那小皮诺归了谁？

蟹蟹妮回复美雨：达成的协议是，每人轮流带一个月。这个月正好归我带，本想把小皮诺送到五道口宠物店里寄养，自己出门散散心，结果去了发现店门紧闭。进旁边店一打听，知道人家怎么说？"哦，你是问那家卖狗肉的宠物店吧？关了，一家人都不知上哪儿去了……"

一则新闻的相关链接

■□　　　本周三上午，位于北京海淀区五道口的文华酒店内举办一场文物拍卖会，就在开拍前的展示环节中，出现了震惊全场的一幕：后排座席上一年青男子猛然冲上台，从礼仪小姐手中抢过起拍价标为 48 万元的一块羊脂玉仔料把件，重重摔到地上，致使该物当场碎裂！

拍卖会惊现摔玉事件，幕后真相待解

本周三上午，位于北京海淀区五道口的文华酒店内举办一场文物拍卖会，就在开拍前的展示环节中，出现了震惊全场的一幕：后排座席上一年青男子猛然冲上台，从礼仪小姐手中抢过起拍价标为 48 万元的一块羊脂玉仔料把件，重重摔到地上，致使该物当场碎裂！

目睹这一情景，在场两百多位各界人士无不目瞪口呆。直到拍卖师痛心疾首地连呼："这是犯罪！犯罪！"几名保安才迅速上前，将这名情绪激烈、满嘴恶语的年青男子控制住。

记者获悉，摔玉的男子姓乔，在被保安架离现场时竟高呼自己无罪，还说这块古玉本属自己祖上所有，却落到卑鄙小人手里，他宁可毁掉它去坐牢，也不愿让对方拿来牟利。另据了解，古玉的拥有者是一家投资公司的董事长罗姓女士，当时并不在拍卖现场。记者随后试图联络罗女士进行采访，但她的手机始终处于无人接听状态。

参与过当天拍卖会的几位买家，受访时均称如经历一场噩梦，为美玉的被毁倍感痛心。众所周知，和田羊脂玉为玉中极品，而当时展示的这块仔料把件除质地绵润、糯感十足外，还有着仿如少女胴体般的美妙曲线，令人观之欲求一握，握之不忍释手。更为难得的是，据拍卖行专家介绍，它的身世非比寻常，曾经卷入过百余年前发生在中国东北的日俄战争，牵涉到当时轰动一时、迄今已罕有人知的"腚沟子事件"。这也是拍卖前它被标出高价的原因之一。

尽管拍卖行承诺，将聘请国内顶级专家全力对古玉加以修复，但可以肯定，修复后的价值将大幅跳水。

数日来，该事件在网上持续发酵，引发网友热议。据最新消息，罗女士方面已表态不会追究乔姓男子的责任，但对放弃起诉的原因却讳莫如深。罗女士弃诉此案，到底是实情果如乔某所言以至心虚，还是慑于黑恶势力的无奈之举，抑或另有更为不堪的隐情？一切尚不得而知，本报记者将随时关注相关进展。

相关链接 **"腚沟子事件"始末**

翻开尘封的固丘县志，里边并未出现看似不雅的"腚沟子"三字，然而只须串联起其中关涉前因后果的只言片语，便足以让人洞悉这一事件的复杂背景。

20 世纪初，本县爱国商人乔寿三为打破俄人对煤矿资源的垄断，倡议众商户集资开矿，得到广泛响应。不料就在这时，日俄开战，而积弱的清廷对于两个异邦在本国国土进行的这场战争，不但荒谬地宣布"局外中立"，还指定交战区供两国厮杀。虽然固丘县划归中立区内，但乔寿三与众商户商议后，还是决定先将集资款存入奉天府的和盛元票号，待战事平定再说。时当 1904 年（清光绪三十年）6 月下旬的一天，乔寿三与两位商户代表辞别众人，启程上路。然而刚出县城不远，就遇一支马贼队伍围袭，乔寿三连人带银票被劫，另两位商户代表一人惨死，一人侥幸逃脱。

必须一提的是，马贼队伍的头子名叫冯铁木。正当他和马贼们为掳得横财骄狂得意，恰逢一支刚撤出交战区的清军路过，双方旋即发生遭遇战。冯铁木指挥手下押着乔寿三且战且退，清军则仗着火力强大一路追击。待到穿过腚沟子，顾名思义，也即位于两道山峦之间形如人臀部中缝的一条狭路，马贼们本以为逃出生天，偏偏前方两条岔道上又分别出现了由远而近的日军和俄军。原来，作为即将展开的辽阳大会战前奏，日俄两军不约而同地悍然越过清廷划定的战区分界线，企图夺取这里的县城抢制战略先机。此时后路已被清军截断，无奈之下，冯铁木只得带着手下窜上腚沟子一侧的一座山顶。

三方合围下的马贼已成瓮中之鳖，只要其中任何一方发起攻击，装备粗劣、素质低下的马贼都必定死无葬身之地。然而蹊跷的是，山下的三方同时按兵不动，止步不前。究其原因，原来是日俄两军都发现，腚沟子的另一侧山势陡峭，难以翻越，不管谁抢先进攻马贼所据的一侧，极易落得腹背受敌，惨遭覆灭；而如果绕开腚沟子沿线山岭，取远道进攻县城，又只会便宜另一方直接对马贼下手。至于清军，因为朝廷宣布的"中立"，竟然寄望于靠这支马贼去抵挡日俄，顺便还能借日俄之手将马贼除掉，进而向朝廷邀功。三方都打好了各自的小算盘，这样一来，本应战火纷飞之地，一时竟变得出奇的宁静。

虽然这只是风暴眼中短暂的宁静，奸诈多谋的冯铁木却狂喜地视之为大捞一笔的机会。他派手下下到山脚，分头向日俄喊话，在日军面前痛骂沙俄在东北无恶不作，在俄军面前又称与小日本不共戴天，说只要对方给足好处，他便可以让出山头。日俄两军正为陷入眼下进退两难的僵局苦恼不堪，听到马贼愿意商谈让路的条件，自然大喜过望。于是，两军的部分给养，一路劫掠的所得，从干粮到饮用水，从药品到大烟土，从靴子到紫貂皮，甚至就连日军首领腰间佩的镶钻怀表，俄军指挥官胸前挂的纯金十字架，全都成了献给马贼的贿赂。

被掳的乔寿三从旁目睹冯铁木的行径，深为忧虑，知道不论日俄哪方占领县城，都必如在交战区内一样烧杀掳掠、横征暴敛。他冒死劝说冯铁木为民众安危着想，固守小山以作抵御日俄屏障，时间拖得一长，或有希望出现转机，没准清廷能通过外交斡旋逼日俄退兵。哪知贪得无厌的冯铁木竟又趁机向他提出勒索要求。这之后，乔寿三获释回到县城，开始收束生意，变卖名下田产。他早年丧妻，只有一个十多岁的儿子被送到京城求学。商户们和众百姓得知乔寿三宁可倾家荡产也要保住县城，无不大受感动，一时踊跃捐款。然而，当乔寿三带着钱款和临时招募的民团上到腚沟子山上，准备与马贼合兵抗御日俄，冯铁木却在一夜间卷走钱款，不知去向。乔寿三只好亲率民团和马贼趁着夜色悄然下山，突袭俄军阵地，再将火力引向日军，指望挑起两军互相厮杀……

最后的结局不言而喻，乔寿三和民团及马贼毫无悬念地悉数战死。可悲的是，他们的牺牲毫无价值。源源而来的大队日军击败俄军占领县城，报复性地给当地百姓带来一场空前浩劫。

另据当地野史，县城外一家大车店的老板娘谢氏实为冯铁木的秘密姘头，两人生有一子，就在日军破城前夕，谢氏带着六岁的儿子撇下大车店，同样不知去向。

相关链接　由马贼遗孀墓被刨引出的一段荒诞故事

口述人：孙连洼（83 岁）

大跃进那会儿，我在公社当民兵。有天夜里，我们小分队巡逻经过皎塘村村东头，远远发现前边山脚下有动静。我们几个分头合围过去，抓住一个正在刨坟的家伙。手电筒一照，认出那家伙叫乔汉，说起来还是名门之后，当年带领百姓抗击日俄入侵的民族英雄乔寿三就是他曾祖父。这家伙平时寡言少语，但干起活来还算踏实卖力，我们正考虑吸收他当民兵，所以发现他在这儿刨坟，都很惊讶。他刨的这坟是座野坟，但村里老人都说，当年这一带出过一个很有名的马贼冯铁木，后来不知什么原因神秘失踪，埋在这坟里的就是冯铁木的女人，因为不便公开身份，所以只立了块碑，没刻字，坟也就成了野坟。乔汉这家伙也不知刨了多久，生生把坟上的土刨开一个大坑，还撬掉一截棺盖，能照见里边尸身早已腐烂，只剩下几根白骨，发出阵阵刺鼻的恶臭。我们四下搜寻一阵，除了乔汉带来的锄头、铁锹、火柴和一只空麻袋外，没发现别的，就质问他来刨坟是不是想挖财宝，有没有挖出什么藏到了别处。乔汉眼珠子滴溜溜打转，死不承认，一口咬定他刨坟是为了做试验，想取出死人骨头来熬水做肥料。

当时我们也拿不准这家伙是不是在编瞎话，就把他带到民兵大队关了一夜，第二天把情况汇报给大队长。大队长又去汇报给公社崔书记，没想到，崔书记听了眼睛一亮，拍桌叫好。

那会儿正值大跃进高峰，县里提出粮食产量翻番，要求各公社全力加强积肥工作。崔书记一会儿指示用禾苑、杂草烧泥块做肥料，一会儿又号召将树枝折下插入水田，等着腐烂变肥料，但这两种法子肥效都不高。崔书记急了，干脆直接派民兵把住各条路口，不管男女老幼，都得蹲到粪桶上拉出一泡大便才能放行。不久前，听说四川的经验是用牛骨熬水，再拌草木灰制成磷肥，崔书记马上推广。结果很快因为牛骨不够，改用羊骨猪骨代替，全公社的牲畜没一头能够活下。就算这样，肥量还是不够，崔书记正为这事犯愁，听到大队长的汇报，觉得乔汉的话大有道理，用死人骨头熬水，说不定肥效比畜骨更佳。

就这样，乔汉这家伙一下走起了狗屎运，不光火线入党，紧跟着还被提拔为公社副书记，领导刨坟的工作就交给了他。腔沟子前前后后几百座老坟新坟，几天就给刨得一个不剩。村南头大坪里架起七八口大锅，白天夜里烧得火光冲天，所有刨来的死人骨头全都投进锅里熬煮。那几天，感觉太阳光像生了一层锈似的模模糊糊，方圆十几里的空气中都飘着一股尸臭味，村里人谁都没胃口吃得下东西。

刨到乔汉家坟地的那天，我正好在场。这家伙一开始还紧咬牙根，一声不吭，等几个社员把坟头挖开，露出里面已经糟烂的棺材板和一堆白骨时，他再也绷不住了，一下扑倒在坟前，哭天抢地起来。他说解放前他爹乔宗柱被冯家人害得冤死在监狱，他当初刨马贼女人的坟不光想找财宝，也是为了报仇，被民兵抓住时他随口编瞎话说要做肥料，没想到到头来得了报应，竟要亲手把自家的祖坟刨掉。

相关链接　一起冤案，一份孽缘

"本报讯：两月前本县瓦窑坡爆发激烈战事，警备部队将共匪游击纵队头目彭厚均弋获。兹经审结，彭犯厚均加入共党多年，位居要职，率领匪众肆行滋事，为恶多端，罪情重大，断不容恕，故判处枪决。今午十二时三十分，彭犯厚均被枪毙于牛角岭畔。警备司令部并公布罪状于通衢以警匪逆云……"

这是1948年（民国三十七年）7月2日县《新今报》的一则新闻，但绝大多数人有所不知，这则新闻背后，蕴藏着本地历史上两位传奇人物——乔寿三和冯铁木各自后人的又一段怨结。

当时正临国共决战前夕，县警备司令部辖下监狱已被共产党地下力量渗透。地下党传达的指示是：要做到对被拘押的共产党人一个不杀，不受刑，不受虐待，吃饱饭，能放风，能会见家属，不审讯，设法把案子拖下去，等待解放。但就在这时，沈阳方面却下令将所擒共产党游击纵队司令员彭厚均就地正法。情势紧急，地下党与监狱负责人磋商后，决定在狱中选一名死囚代替行刑，这一差使就落在时任参谋处人事科少校参谋、冯铁木的长孙冯则广身上。冯则广手持上峰手谕出入监狱，偏偏从死囚中挑中了乔寿三的长孙乔宗柱。乔宗柱因涉嫌抢劫金店，初审被判死刑，提出上诉后尚未复审，严格说来并不符合行刑要求。但第二天，冯则广还是将乔宗柱套上头套，大张旗鼓地押去枪毙，并四处张贴布告。满县城都以为共党武装头子已死，殊不知他本人还好端端地活在狱中。数月后全县解放，另一桩抢劫案的案犯落网，自供数月前抢劫金店的是他，这才揭开乔宗柱因形貌特征相近而被错抓错判的真相。乔家人得知乔宗柱早已成了替死鬼，自然将深仇大恨记在冯则广头上。

　　造化弄人，几年后的镇反运动，冯则广首当其冲，原因不外乎是他在国民党军队中的任职经历，再加在狱中"借刀屠杀无辜百姓"的罪名。他就此被打成历史反革命，服刑和劳改多年，直到八十年代初才获平反。过去数十载，冯乔两家旧嫌新怨绵延不绝，每每还借着时势变本加厉，就连其间名噪一时的"股神"乔如庆的传奇经历，揭开来也不过是两家恩怨令人啼笑皆非的一段缩影。

相关链接 "股神"的真相

问起固丘县的股民，没有人不知道卢竟文这个名字。

据说，他从不看大盘 K 线图、股指期指、财务报表，也从不关心政策走向、板块趋势、内幕消息，作为最早入市的股民之一，他历经过去二十年股市的大起大落、风云激荡，却始终屹立不倒，从区区数千元起家，直到如今总资产高达数千万。在那些总是和跳水、套牢、割肉、爆仓之类的字眼苦苦缠斗的股民们眼中，他简直就是梦一样的传奇，神一般的存在。

一个人被称为神，必定有异于常人的地方。

在县城中唯一的一家证券市场，经理面对记者的提问回答道："我们这儿开了十几年了，还从没见他露过一面。"

一家证券公司的职员这样告诉记者："我看过他的股票账目，他买的股票只数不多，但买下后不管风吹草动，始终坚持长线持有。在这点上，他和巴菲特的投资理念是惊人一致的。"

一位省城的房地产老总在电话中坦言："我和几个做生意的朋友合计过拿出几十亿来，创立一支对冲基金，就交给他来打理，结果……被他拒绝了。"

记者怀着有如滔滔江水般的崇仰之情来到乔竟文的家——位于大洪门西长街上一幢老式居民楼的二层，实在难以把这里跟股神的大名联系到一起。其实他只要拨出资产的零头，就足以买下本县乃至省内最奢华的别墅，但十多年过去，单身的他依然和父母挤住在一套小二居里。别看这里条件简陋，每天慕名来访的人络绎不绝，既有商界高管、公司白领，也有下岗职工、退休老人。大家的目的只有一个，就是让股神给他们已买或将买的股票"把把脉"。

出现在记者眼前的乔竟文，乍看之下没有任何特别之处，但只要他一开口，记者就不免为他眼中不经意流露的狡黠、话里深不可测的禅意所震撼。据说，面对股民们关于某支股票是涨是跌、该追该抛的提问，他从来不会作出肯定或否定的明确答复，而只会说些诸如"多吃"、"早睡"、"穿暖和点"、"记得带伞"之类的日常话语，看似答非所问，言不及义，实则暗藏玄妙，给人启迪。很多股民都会根据他寥寥数字的提示，决定下一步怎样操作股票，赚了自然认为是听从了他的教导，亏了也只怪自己误解了他的话意。

然而，就在记者采访过后的第二天，却传来一个令人错愕的消息：省内某上市公司准备收购本县行将倒闭的长海电子集团公司进行重组，乔竟文因所占股份达到0.33%，属该上市公司大股东之一，必须参与投票表决，然而就在前一夜，他却被几位神秘人士从家中带走，不明下落。不少股民都以为他是涉嫌内幕交易被抓，担心按他指点所买的股票会血本无归，纷纷带着怨气围堵在他家门口讨要说法。记者闻讯赶去，直到这时，乔竟文白发苍苍的老母才不得已道出了出乎所有人意料的真相——

二十年前，乔竟文还是一家国营电子管厂的销售员。当时，新上台的厂长名叫冯龙，仗着父亲冯则广平反后当了县领导，十分跋扈，得知乔竟文是老对头乔汉的侄子，自然不肯放过为冯家报仇雪恨的机会。冯龙上台后干的第一件事，就是找个由头将乔竟文解职，而且解职时不给一分现金，只是拿了一些发行时无人问津、只好强制分配下来的原始股充作遣散费。乔竟文丢了铁饭碗，未婚妻也离他而去，他受不了这一打击，很快精神失常。没想到，那些被他遗忘的股票静静地躺在证券公司的账目上，随着中国股市的繁荣兴盛不断翻番，最后成就一段财富暴涨的神话，也在众口相传中将他塑造成一位淡泊名利、境界高远的"股神"。但说穿了，乔竟文不过是个只会胡言乱语的中度精神分裂症患者而已，神秘失踪的那晚其实是精神病院派来的车接他去做定期复查。

乔竟文所属上市公司股东投票结果为8：8，独缺他这一票，收购计划只能告吹。记者随后来到坐等破产的长海电子集团，才知该公司董事长正是冯龙。记者刚刚提到乔竟文的名字，冯龙便面色沉重地连连摆手，制止记者往下说，话语中透出一份深深的悔悟："我爷爷冯庆如当年在老家人称冯大善人，早给我们子孙留下过一段家训：欺人是祸，饶人是福。唉，可惜我直到今天，才明白这里边的真义啊……"

相关链接　冯庆如其人

冯庆如：（1898－1948），固丘县黄甲镇人，清末著名马贼首领冯铁木之私生子。1923年毕业于燕京大学文科，随后从政。1931年"九一八事变"爆发，日军迅即向东北各主要城镇发起攻击，冯庆如时任辽宁省行政公署秘书，当日刚从交通银行取出一沓簇新钞票，还未来得及入账，便匆匆随军政机关撤离沈阳。出城不远，遇日军飞机来袭，冯庆如私欲作祟，打算带着这笔数目可观的公款自行逃命，遂趁乱脱离大队，混入逃难百姓当中。此时日军飞机对着漫山遍野的逃难者用机枪扫射，一颗子弹正中冯庆如左胸口。然而离奇的是，他上衣表口袋中恰好装着那沓刚取的新钞，子弹不偏不倚，将"交通银行"的"通"字打穿，再贴肉下滑，本人竟毫发无伤。幸免一死的冯庆如幡然醒悟，认定苍天有眼，要将他从邪路拉回。他将公款交归行署，自请惩处，并从此笃信佛教，成为一名清廉尽职的官员。抗日战争胜利后，冯庆如辞官回到家乡，将全部积蓄用于修缮寺庙和兴办教育，表示要以此替父赎罪。为化解与爱国义士乔寿三后人间的积怨，他曾于1947年资助乔寿三幼孙乔宗畴前往美国学习（后者现为美国某著名化工企业CEO）。解放前夕不幸染疾而死，当地百姓多感念其恩德。

相关链接　华裔企业家前妻首谈离婚案

主持人：各位网友好！欢迎大家收看直播互动节目《北方在线人物频道》，今天我们有幸请来了远景投资有限公司董事长罗铃女士。欢迎您罗女士！现在网上对您和著名华裔企业家乔宗畴先生离婚一事非常关注，各种说法都有，有人说是他刚结婚就移情别恋，有人说是您受不了他的脾气性格，还有人说是因为性生活不和谐，毕竟您们两位的年龄差了四十多岁。在这里能借我们的节目，谈谈您们离婚的真正原因吗？

罗女士：两年前，他回国来家乡参加一场慈善义卖活动，我正好是活动主办方招募的志愿者，我们就是那时候认识的。当时面对他的追求我挺有压力，他原配妻子刚刚过世，我跟他的年龄差距又摆在那里，何况我还经历过一场失败的婚姻，对感情生活已不抱什么希望。但他的关心和爱护还是打动了我，我最终跟他领了证。这之后的过程一言难尽，不过可以告诉大家的是，我们离婚并不是大家说的那几点原因，更多是因为价值观上的差异。他这人虽然在美国生活了多年，但骨子里深受儒家思想影响，十分传统和老派，而我虽说年轻很多，反倒没他那么些讲究，所以常会产生各种矛盾。话说回来，现在即便离了婚，我们还是好朋友。

　　主持人：那面对网友的种种误会，您觉得委屈吗？

　　罗女士：不会，我问心无愧。

　　主持人：对不起，有位网友刚刚留言，说据他了解，乔宗畴先生早年赴美留学的经费，是您的曾外祖父冯庆如先生提供的，也就是说，乔先生能有后来的成就，离不开当年您曾外祖父的资助。这位网友大胆推断，说乔先生的祖父正是乔寿三，考虑到冯家和乔家之间的历史恩怨，您跟乔先生闪婚闪离，是不是就想从他手里拿回本属于冯家的东西呢？

　　罗女士：这……这位网友可真会想象。

　　主持人：可恕我冒昧，现在的情况是，您确实通过离婚分到了他将近一半的财产。

罗女士：如果有人非要这样认为……那我也无话可说。

主持人：这里又有一位网友提问，说您刚刚创办远景投资公司，计划利用家乡腚沟子的自然资源开发旅游业，这是不是也包含着向乔家后人示威的用意呢？

罗女士：他们怎么看是他们的事，我关心的只有利益！

……

相关链接　腚沟子风景区开发遇阻

远景公司投入巨资开发我县腚沟子风景区的计划，得到了多方大力支持，然而近日却爆出令人遗憾的不和谐音。

原来，当地乔姓村民提出条件，要求在风景区内修建一座"忠奸堂"，立爱国义士乔寿三和民族败类冯铁木的塑像各一座，且让后者跪于前者足下以示谢罪。然而这一要求招致本县冯氏后人以及家属的强烈反对，其中就包括远景公司董事长罗铃女士。有关部门数度斡旋，表示支持当地开办乔寿三纪念祠堂，还准备拨款修建一条连接县城的公路，进一步将此地打造成爱国主义教育基地，条件是必须放弃在祠堂内立冯铁木塑像，但这一提议又为乔姓村民们所拒。

远景公司决定照计划进行开发，而乔姓村民也开始自行集资筹建"忠奸堂"。两方针锋相对，互不让步，继而以各种方式阻挠对方施工，险些酿出集体斗殴事件。

令人啼笑皆非的是，乔冯两姓后人在争斗中，竟然还牵扯出一桩十年前的悬案——长尾乡株树下村一位疯女人，据传当年跟村里的一位冯姓青年和乔姓青年同时有染，她生下的孩子到底该姓冯还是姓乔？两方为此争执不下，最终约定去做亲子鉴定，查出孩子是哪方的，哪方就必须作出让步。但此事并无下文，可见双方不过是斗气而已。

冯乔两姓的恩怨死结能否解开，腚沟子风景区的开发计划何去何从，令人忧虑。

相关链接 离奇的亲子鉴定结果——对一段历史真相的推想

博客荒了很久，今天忍不住发文，是因为最近遇到了一桩奇事，不吐不快。

半月前跟女友见面时，听她说起有两个男人一起来她上班的检验中心做鉴定，想查清他们中到底谁才是一位疯女人十年前生下的孩子的父亲。鉴定结果出来一看，孩子的父亲另有其人，倒是这两个男人的DNA高度吻合，差不多可以推断，双方在几代前的祖先是同一个人！

一开始我只顾着点菜，对女友说的这事没太在意。但是，当我听到两个男人一个姓冯，一个姓乔，由他们上溯的祖先，只可能是清末的冯铁木和乔寿三时，我瞬间惊住了！

原因在于，大学毕业后参加工作的头一年，我曾被派到固丘县干过三个月的社会实践，对于当地冯乔两家结下的世仇可谓耳熟能详。

乔寿三和冯铁木，真的可能是同一个人吗？！

接下去好几天，我脑子里一直盘旋着这一疑问，念兹在兹，几乎到了茶饭不思、寝食难安的地步。我迫不及待地想要揭穿谜底，为此甚至拿出了读研写论文时钻山打洞查资料的劲头，拼命上网搜索，还回到大学的图书馆泡了好几晚。我翻遍了所有涉及乔寿三和冯铁木的著述和文献资料，就连野史轶闻都没放过，但对解开谜团仍毫无帮助。

直到上周日，我来到市文史馆资料室，从一本颜色泛黄、印制粗劣的《固丘县文史资料小辑》中，看到这样一段文字：

"……有一种说法，乔寿三只是个化名，他本名叫谢铁三，吉林浑江人氏。清朝末年，浑江一带散兵游勇成群，乞丐难民遍野，官府腐败，马贼横行。面对这种情况，各地纷纷成立起一些自保的武装组织，谢铁三便是其中一支私团的首领。他率众抗击马贼侵扰，保境安民，广受百姓拥戴和赞誉。不料此时清廷为减少剿匪开支，采取'以抚代剿'政策，成立起许多'公团'，大举收编马贼队伍。后者纷纷摇身一变而成官军，为扩大实力和地盘，又试图吞并谢铁三的武装，遇挫后竟反诬谢铁三为匪，并对其展开清剿行动。谢铁三一家老小几乎尽数被杀，仅有他一人抱着出生不久的幼子侥幸逃脱。此后他才来到固丘，更名换姓，隐藏过往，潜心经商，不涉政事……"

就是这段短短的文字，有如电光石火一般，让我蓦然参悟到乔寿三和冯铁木两人殊异身份下的相通之处。当然，由于缺乏确凿证据的支持，不能说我参悟到的一定就是事实，但仅作为对于一段历史真相的推想，当无不可，姑妄言之吧——

谢铁三在逃离家乡后，并未马上化身为商贾，因为遭受清誉毁损、家破人亡的惨烈打击，心如死灰的他一怒之下，以冯铁木为名拉起一支马贼队伍，对官军展开疯狂报复。然而，或许是为谋个正当身份作掩护，或许是想给渐渐长大的儿子一份普通人的生活，又或许是骨子里自认为还是个好人，他同时又化名为乔寿三，以来自关内商人的身份在固丘县城置业开店，并随时间推移渐成当地名流。他常以去关内跑买卖为由离开县城的店铺，其实是回到山上的马贼营地。而一到匪众暂时遣散的冬季，他又会装作结束商旅奔波回到县城，安度一段时日。于是，多年下来，冯铁木，或者说乔寿三，在为非作歹的匪首和施德行善的儒商这双重身份间来回转换，可谓相生互补，便宜占尽，左右逢源，黑白通吃。

自从沙俄占领东北，局势一天比一天混乱，他的内心也一天比一天挣扎。作为冯铁木的一面，他为自己生逢乱世而得意，毕竟因为接二连三的战祸，自顾无暇的官府对他的剿捕往往流于形式。而作为乔寿三的一面，他又不时为国难当头、山河破碎而忧虑，预感到自身的前途岌岌可危。思虑再三，他终于定下周密计划，先借自办煤矿，由乔寿三将县城各大商户的捐款集中起来，再通过假绑票将这笔钱转到冯铁木手上，以备随时逃往关内。

这一计划的实施一波三折。起先一切尽在掌控，但假绑票过程中突然冒出的清军，险些坏了他的好事。等到他带着马贼逃上腚沟子边的山顶，一开始还以为陷入绝境，随即却发现主动权竟又回到了自己手里。于是他横下心来继续铤而走险，凭着乔寿三的身份，假称获释回到县城，借口要收买马贼抵御日俄进犯，又从百姓骗得一笔钱财。

推想至此，问题来了：如果冯铁木就是乔寿三，他为什么不带着两次行骗的所得干脆溜之大吉？为什么还要领着民团回到山上与日俄交战，慷慨赴死？如果冯铁木就是乔寿三，那岂不意味着传说中冯铁木的携款潜逃只是假象？随着乔寿三的战死，冯铁木其人不也同样呜呼哀哉了吗？这一切又当如何解释？

结合查到的史料，我是这样往下推想的：自日俄开战以来，清廷一方面宣布"局外中立"，一方面却又向驻守东北的清军下达了暗助日本的旨意。冯铁木每到离开马贼营地，所有事务都会交给名叫米苍波的二当家打理，然而就凭日军获胜后在山上找到米苍波的尸体，以军舰运回国内厚葬，即知此人实为日方间谍。他奉命来到东北潜伏，专为日军参谋本部搜集情报，早已将冯铁木与乔寿三同为一人的秘密通过日军传递给清军。正因如此，清军首领才勒令乔寿三回到山上时，必须让道给日军，否则就会请令将他远在京师大学堂求学的儿子缉捕处死。然而，这一消息同样传到了知县耳中。原来早有俄国商人觊觎县境内的煤矿，已与知县达成密约，只要帮俄人夺得开采权，就奉上一份不菲的酬谢。知县查明大车店老板娘谢氏实系冯铁木的相好且育有一子，也勒令他必须让道给俄军，否则就让母子抵命。

此时的乔寿三，或者说冯铁木，终于发现自己这么多年苦心经营，机关算尽，到头来依然无法主宰自己的命运，不管最终是哪种结局，他最看重的亲人都难逃一死。走投无路、万分悲愤当中，他只好带着县城的民团上山，与马贼合兵一处，与日俄展开一场浴血鏖战。

战事过后，县城里哀鸿遍地，满目萧条。然而清军首领职位不降反升，只因其未放一枪让道于日军，且借外军之力尽剿顽匪。与此同时，知县也受到奉天当局奖掖，理由是组织民团保护县境，虽效用微弱，但用心可嘉。这两方从自身利益出发，都对外隐瞒了乔寿三和冯铁木实为一人的秘密……

写到这里，正好接到女友打来的电话，我就问起她亲子鉴定的后续。她说做鉴定的两个男人听到这一意料之外的结果，都一下傻了眼。女友又说，严格说来，检验中心只有在征得受检方同意后，才能对外公布检验结果，但暂时还不知道冯乔两姓后人得知这一消息会如何面对。

可以断言，此事势必引起一系列连锁反应，已经动工的"忠奸堂"只能被迫下马，刚刚通过审批的公路只能终止在图纸阶段，而所谓的爱国主义教育基地更是就此化为泡影，腚沟子风景区的开发或许仍将继续，但势头会减弱许多，前景也注定不会像起初那样令人期待。

相关链接　腚沟子风景区旅游攻略

上周末公司组织春游，选择的去处是新近开发的腚沟子风景区。大巴车从固丘出口下高速后，沿着蜿蜒起伏的柏油路开上近一个小时，就到达了景区入口。从大门前人头涌动的景象，可知这儿的火爆程度。不过门票让人咂舌，120元一张，还不包括上下山缆车，里边好些景点还得额外收费。领队的公司副总打趣说，这跟当年土匪拦道打劫有什么区别？

进门后首先游览三岔古镇。街道两边密布着形形色色的小店，店名无一不跟那段传奇历史中的人物事件有关，像什么"老冯家土匪鸡"、"乔谢氏大酱"、"寿三古玩"、"小霜客栈"，甚至还有"日式按摩体验馆"和"俄罗斯套娃专卖店"等等。

然后就来到鼎鼎大名的忠奸堂。一进大门，首先映入眼帘的是立于大厅中央乔寿三的塑像，高达三米，身姿伟岸，面白如玉，浩气凛然。在其身下一侧则是冯铁木的塑像，上身蜷缩，双膝跪地，脸呈暗黑，神态猥琐。如此鲜明的对比，形象地诠释了"忠奸"二字的含义。两座塑像一白一黑，一立一跪，互为呼应，相映成趣。值得一提的是，在叩拜的游客中以中年妇女居多，一打听才得知，此一正一邪两尊神的配搭，对于祈求老公不出轨的许愿特别灵验。

接着穿行峡谷。走在鹅卵石甬路上，两边奇岩耸立，植被茂密，溪流缭绕，野花竞放，堪称一条风景绝美的山水画廊。

再接着就是爬山，也有一部分体力不好的同事选择了坐缆车。石阶小径虽曲折细长，有几段还相当陡峻，但因了沿途的美景相伴，倒也不觉得太累。只有等登上山顶俯望四下，才会发现"腚沟子"这一地名有多形象。

从山的另一面下到山脚，此处有口古井被称为腚沟子的"腚眼"。只见青石板铺就的井台边，游客们蜂拥着把手伸进一只盛着井水的木吊桶里，打湿后再轻拍头顶，据说这样做能让周身接通地气，收祛病消灾、益寿延年之奇效。

乔寿三牺牲的旧战场边有处凉亭，正在这儿歇脚时，遇上几位挂着胸牌的景区工作人员对游客做个简短调查，所提问题无非是从什么渠道得知腚沟子风景区、参观后对于景区有什么建议、回去后会不会推荐亲朋好友来，等等。一个有趣的现象是，对于第一个问题，受访者十有八九都提到不久前发生在北京拍卖会上的摔玉事件。由此可见，正因为冯家后人的天价古玉被乔家后人摔毁一事经媒体争相报道，才让腚沟子一夜间变得广为人知，并迅速成为游客纷至的热门景点……

相关链接　拍卖会惊现摔玉事件，幕后真相待解

（略）

真相搜索

■□ 　　近日，香港中环某著名医院爆出一则轰动消息，曾被誉为"瑜伽天后"、不久前在北京惨遭车祸身亡的夏欣芸保存在该院的九枚冷冻卵子，被一不明身份的蒙面人盗走。

以下内容均摘自某追星族半年内的网上搜索记录

瑜伽天后　冻卵被盗

搜索结果：一起离奇的失窃案

近日，香港中环某著名医院爆出一则轰动消息，曾被誉为"瑜伽天后"、不久前在北京惨遭车祸身亡的夏欣芸保存在该院的九枚冷冻卵子，被一不明身份的蒙面人盗走。

警署方面透露，有多名男女客户冷冻的精子和卵子保存在该医院，但蒙面盗贼利用深夜值班人员的懈怠潜入冷冻室后，唯独偷走了写有夏欣芸名字的液氮罐，可见其目标十分明确。监控录像显示，该盗贼身背一只颇显沉重的黑色双肩包，目测里面必定装有适于转移液氮罐的特殊容器。毕竟，已经玻璃化的卵子只能储存在超低温环境中。

盗贼是谁？偷走这位已故明星人物的冻卵，到底用意何在？目前猜测众多。一说系狂热男性粉丝所为，目的是和自己的精子相结合，让后代留下偶像的基因。一说是某跨国犯罪团伙出手，欲借"绑架"冻卵向夏欣芸父母勒索巨额赎金。还有传和夏欣芸一起参加过一档真人秀节目的某女明星涉嫌此事，原因是对夏欣芸在节目中曾让自己出糗极度不满，故派人盗走冻卵以泄愤。甚至还有科学怪人准备利用冻卵克隆再造夏欣芸的悚人说法。

据悉，夏欣芸去世时正值 34 岁生日前一个月。两年前，考虑到自己年岁渐长，而过往的数段恋情全以失败告终，她担心等找到心目中的完美恋人时已错过生育期，于是便在这家医院留下了自己的卵子。此事从未对外公开，而医院替客户守秘又是基本准则，由此可从逻辑上排除以上种种猜测，推断盗窃必定是与夏欣芸关系亲密之人所为，且极可能与先前失败的某段恋情有关。当然，一切尚有待事实的佐证。

目前香港警方正加大侦缉力度，以求尽快找回被盗的冻卵。这不仅是让去世的夏欣芸血脉得以延续的唯一希望，也是对她悲痛欲绝的父母心灵上的最大安抚。

夏欣芸　情史　　　　　　　　　　搜索

搜索结果："瑜伽天后"情路坎坷

曾两度获得香港国际瑜伽大赛冠军、后赴北京开办瑜伽会馆的夏欣芸，以其清丽雅致的容貌和黄金比例的身材赢得无数粉丝追捧，她的情感归属自然也成为大众关注的焦点。遗憾的是，生前一心追求真爱的她，每段恋情都只能用支离破碎来形容。

据了解，夏欣芸的身世很辛酸。她的生母是 1980 年逃港潮中一员，到港后辗转于几家餐馆打黑工，勉强糊口度日。到了第二年，因与一本地男人有染怀上夏欣芸，但男人转眼暴病而死，令夏母借婚姻获得合法身份的希望破灭。她只好将刚刚生下、无力抚养的女儿，遗弃在打黑工时结识的一对年青夫妇的家门口。这对夫妇结婚不久，经医院检查发现女方无生育能力，从此便在夏欣芸身上倾尽爱心，将她当作亲生女儿一样抚养长大。正因如此，当夏欣芸出事的噩耗传来，这对年近六旬的老夫妇简直肝肠痛断，一连多日都以泪洗面。

可以说，特殊的成长历程造就了夏欣芸坚韧内敛的性格，也给她的感情世界注入一种偏于感伤的气质。自少女时代以来，她的追求者络绎不断，间或也有心仪的对象闯入视野，但似乎总有一种莫名的力量缠绕着她，阻碍她的恋情修成正果。

历数跟夏欣芸有过感情瓜葛的男人，分别是初中时暗恋过的国语教师何邵康、在美国念大学时的同学李司奇、曾经扶持过她的富商施良、来自英国的贵族后裔罗斯金，以及在她开设于北京五道口的瑜伽会馆里当接待员的小安。若是再把范围扩大，她和当过她助理的北京姑娘盛琼一度深陷同性恋绯闻，也可看作一个特例。然而，直到发生车祸离世，她都始终未能找到属于自己的真命天子。

搜索结果："瑜伽天后"早恋情书遭曝光

据港媒报道，被誉为"瑜伽天后"的夏欣芸15岁时写给其国语教师的一封情书，近日被一家八卦杂志影印曝光。

这封情书写在一张活页纸上，有160余字，笔迹稚嫩中不失秀气。信中写道："默默地看着你就是一种幸福……能给我一些时间，等我长大吗？"杂志同时配发了夏欣芸成名后的瑜伽写真和一张少女时代的青涩照。

据知情人士透露，夏欣芸当年上的是一所教会女子中学，情窦初开的她迷恋上英俊儒雅的国语教师何邵康，鼓足勇气将这封情书夹在作业簿中交出。当时何邵康收到情书后，既没有对外声张，也没有作出任何回应，令夏欣芸的一片少女痴情只能在寂寥中自生自灭。没想到时隔多年，何邵康因投资不当落得负债累累、生活窘困，见夏欣芸已成时尚界红人，不知从哪里又翻出这封情书来，将它卖给了八卦杂志。

日前，夏欣芸在出席某内衣品牌代言活动时，面对有媒体问及这一尴尬事件，坦然回应："那太正常了，谁在少年时没有过暗恋某人的经历呢？我是看他讲起课来学识好渊博，身上的书卷气跟我父亲很相像，不自觉就对他多了几分亲近感。他当时收到信没公开，我也认为他是为了保护我，后来听到他结婚的消息时，我还偷偷哭过一场。"

夏欣芸话中提到的"父亲"，自然是指她的养父夏在贤。有记者笑问她会不会让父亲出面买回情书原件，毕竟后者经商之余的一大爱好就是文物收藏，夏欣芸连连摇头否认。对于何邵康的做法让她作何感想，她的回答是："我只觉得好可悲，也好可笑。可见看人不可相信表面，他跟我父亲实在相差太远！"

夏欣芸　李司奇　　　　　　　　　　Q搜索

搜索结果：大学时代恋人首谈分手内幕

夏欣芸在京遇车祸身亡的消息传出后，圈内好友纷纷在朋友圈和微博发文悼念，感叹命运催花折叶的无情。就在媒体争抢起底夏欣芸的生平经历时，无不发现"李司奇"是个绝对绕不过去的名字。

陆家嘴金融中心大厦，一间西式简约风格的办公室。现任某跨国通讯公司亚太区副总裁的李司奇，心情沉重地接受了本报记者的专访，揭开了他和夏欣芸之间一段不为人知的秘史。

十多年前，李司奇和尚未出名的夏欣芸同在美国爱荷华州立大学留学。在一次联谊会上，来自大陆的李司奇认识了来自香港的夏欣芸，两人火速坠入情网。热恋期间，他们常常一起上图书馆自习，一起去食堂吃饭，一起外出游玩。到了暑假，李司奇还曾陪夏欣芸前往洛杉矶和纽约，向美国的瑜伽大师求教取经。然而，就在有一次夏欣芸陪李司奇去听他专业领域的一场讲座时，恰在同楼发生了随后震惊全美的校园枪击案。

"枪声就在隔壁教室响起，还伴着惊叫声。"李司奇回忆起当时的场景，一切犹如历历在目。"大家都意识到出事了，马上惊恐地往门外跑。我也下意识地跟着大家，可刚跑到门外就想起欣芸还在教室里，于是又折回去找她。看到她的时候楼里又传来好几声枪响，但我发现她脸上有的不是惊恐，而是对我的不加掩饰的失望。"

李司奇拉着夏欣芸的手跑到楼外，随后警察赶到，事态平息，大家才得知是一位自感待遇不公的中国留学生蓄意报复，开枪连杀五人后饮弹自尽。李司奇记得，夏欣芸当时淡淡地说了一句："如果遇到同样的情况，我父亲首先想到的肯定是保护我母亲。"这让李司奇羞愧难当，无言以对。

"我知道，以欣芸对一切苛求完美的个性，这话等于给我们的关系下了一道死刑判决。"说到这里，体态微微发福的李司奇将目光投向落地式玻璃窗外，表情似乎随着记忆一道凝固。

记者不失时机地抛出网络上的传言，说夏欣芸生前留下的冻卵被盗，很可能是他在幕后主使，目的是通过人工受孕培育出下一代，以这种方式和自己的初恋情人再续前缘。

李司奇听罢哑然失笑："我确实对过去的事有愧，也为欣芸的死感到痛心，但我不会再去强求改变我和她的关系。更何况那样做不但违法，也违背她本人的意愿。还是给她的在天之灵留一片清静吧。"

搜索结果：瑜伽圣女与黑道大哥的那些事

从美国留学归来的夏欣芸，凭着首次参加国际瑜伽大赛拿到的冠军，在香港声名鹊起，不久应邀赴台湾客串一部电影。有天晚上，她和朋友一起前往台北一家夜总会玩，刚好电影的投资商之一段某也在那里消遣。段某乘着酒兴上前，强行对夏欣芸搂抱索吻，被她奋力推开。恼羞成怒的段某对夏欣芸恶语辱骂，还威胁说当晚就要叫她滚回香港。就在这时，一位穿中式对襟白衫的长者走过来，只是低低呵斥一声，就让段某瞬间收了气焰，诚惶诚恐，唯唯而退。第二天，段某又设宴摆酒，当着长者的面向夏欣芸赔罪。她就这样认识了施良，后者一度成为她人生道路上最为得力的护驾者。

夏欣芸曾向友人描述过她最向往的男女关系，那就是男人对女人一方面百般呵护，一方面又在各种事情上发号施令，正如她父亲一贯对她母亲所做的那样，这样的男人最让她有安全感。而这位施良坚毅沉稳的目光，说话不容置疑的语气，低调的行事风格，对待他人的宽仁，据说都让她看到了父亲的影子。

随后几年，他们断断续续在香港、台湾乃至某个异国会面，维持着一种没有正式名分的关系。她对他的了解也从近乎空白渐渐丰满起来，知道他出身贫苦渔家，少年时因走投无路加入帮会，靠着敢拼命和重义道最终升为威震一方的堂主，知道他后来厌倦了从刀尖枪口里讨生活，开始转做合法生意，知道他不到 20 岁就结了婚，家中有三个孩子，也知道他从不讳言很爱自己的妻子。而就连这最后一点，在她眼里也成了他魅力的一方面。

这是一个跟她精神契合度极高的男人，唯一的遗憾在于，他们相遇相识在错误的时间。有一天她结束一场瑜伽表演，正要离开体育馆，一位满脸皱褶的陌生女人等在门外，没等对方自报身份，她就猜出是施良的妻子。女人既没有指责她，也没有对她提任何要求，反倒态度谦卑得好像自己才是理亏的一方，好像来找她只是为了肯定她存在的意义。夏欣芸事后对友人表示，就在那一刻，她一下摆脱了此前一直混沌而摇摆的心态。她明白自己很爱施良，但这段感情继续下去是没有前途的，只会让他的一家受到伤害。她也同样明白，继续留在香港恐怕难以了断前缘，于是才从众多的合作邀约中挑选了一份，远走北京开办瑜伽会馆。

据说，夏欣芸的离去对施良打击不小。他从此对很多事心灰意冷，最后索性将公司交与妻子打理，自己不再抛头露面。不久前，有人在台湾佛光山一座禅寺中见到一位带发隐修者，面容和身形都酷似施良，但此消息是否属实，不得而知。

| 夏欣芸　罗斯金 | 搜索 |

搜索结果：分手究竟谁的错？

近日，有媒体曝光了"瑜伽天后"夏欣芸与英国恋人罗斯金的分手原因，引发网友热议。

夏欣芸是两年前去欧洲参加一次公益活动时与罗斯金相识的。后者出身贵族世家，拥有法学博士学位，是英国一家很具号召力的慈善基金会的主席，该基金会以救助全球范围内的孤儿为主旨。罗斯金对夏欣芸一见倾心，几次飞到北京与她会面，最终凭着真情打消了她的犹豫和畏怯，两人开启了一段因为时常分离而变得更加浓郁和炽热的跨国恋情。随着夏欣芸越来越密切地参与到罗斯金领导的慈善工作中，两人的关系很快走到谈婚论嫁这一步。然而，出乎夏欣芸意料的是，罗斯金提出了一个特别的要求，那就是婚后不要孩子。他给出的理由更令夏欣芸惊奇：他们完全可以把所救助的数以千计的孤儿当作自己的孩子，而生育自己的孩子只会削弱他们对于这项神圣而伟大的事业的专注。

据知情人透露，夏欣芸对于这一条无法接受，为此还跟罗斯金大吵一场。在她看来，罗斯金的原则性过于刻板，追求高尚到了不近人情。她以她的养父养母为例，说当年医院诊断养母因输卵管异常没有生育能力，养父的整个家族都逼他离婚另娶，但养父不为所动，对养母始终不离不弃。相比之下，罗斯金完全不尊重她的感受，将自己的意志强加于人，所以她只能选择分手。

对于夏欣芸提到的分手理由，网友们有赞有弹，意见不一。截至发稿时的综合数据显示，42.1%的网友认为"生孩子是女性天生的权利，不容剥夺"，29.8%的网友认为"不答应要孩子就不结婚，说明对男人并非真爱"，17.3%的网友认为"为大爱牺牲小我境界太高，做不到情有可原"，另有10.8%的网友则表示"说不清"。

搜索结果："瑜伽天后"传出同性恋绯闻，实属有意炒作？

近日，网上爆出一组夏欣芸与一神秘女子在高级餐厅亲密约会，然后同回酒店的照片，引来外界对于这位女子身份，以及两人关系的极度好奇。

据悉，本月初的某天晚上，有网友在使馆区一家意大利餐厅目击夏欣芸与一妙龄气质女共进烛光晚餐，气氛温馨浪漫，显示两人的关系非同寻常。其间不知说到什么话题，夏欣芸情绪有些失控，坐在对面的女子除了温言安慰，还不时伸手轻抚摩挲夏欣芸的大腿、臂膀乃至脸颊，而夏欣芸并未回避。饭毕，两人起身手拉手出门，到了门外却又有意拉开一段距离，似乎为避嫌而伪装成路人。随后两人双双登上一辆雷克萨斯，直奔三环边一家五星酒店，当晚再未离开。以上全程均被紧跟不舍的网友偷偷用手机拍下，夏欣芸的性取向由此成为网上热炒的话题。

夏欣芸此前的几段恋情都被媒体挖掘报道过，但传出同性恋绯闻尚属首次。有网友戏言，难道是因为跟男人恋爱都告失败，就转而对男人彻底失望，以至于只好自己把自己"掰弯"吗？

上周夏欣芸参加某网站举行的颁奖礼时，对上述传闻全盘否认，称跟对方只是普通朋友关系，自己现在仍是单身。然而，有网友通过照片指认该神秘女子并非别人，而是夏欣芸来北京后聘请的工作助理盛琼。网友进一步分析，这些照片很可能是盛琼特意雇人拍下，然后传到网上，目的是借同性恋绯闻来增加夏欣芸在媒体上的曝光度，为即将在五道口开业的瑜伽会馆吸引人气。事实是否果真如此，还需拭目以待。

夏欣芸　小安　　　　　　　　　　搜索

搜索结果一：　"瑜伽天后"生前的折翼之恋

夏欣芸经营的瑜伽会馆位于北京五道口，开业后的一天傍晚，她正在试用刚安装的器材，这时一个二十来岁的年青男子走进大门。据夏欣芸事后在一篇私密博文中回忆，男子青春洋溢的外表和不相匹配的略带忧郁凝重的神情，让她在看到他的第一眼就浑身一颤。而等到他笑起来，她又觉得他全部的心事不过像层透明的薄雾，一道微风就能将它驱散干净。她突然发现她那颗阅遍浮华世界却变得越来越迷惘的心，在这一刻瞬间沉淀。

夏欣芸看到年青男子在前台开始工作，找到人事总管询问情况。人事总管以为老板对男子不满，赶忙交代说此人大学毕业后从外地来京，通过应聘被安排到前台当接待员，好在还在见习期内，马上可以将他辞退。夏欣芸自然没允许这样的事发生。

从这时开始，夏欣芸随时关注着小安，也想方设法利用工作之便增加跟他的接触。她能感觉得到，小安在她面前总是保持着员工对于老板自然而然的敬畏和显而易见的距离，不敢有稍许的怠慢，但也绝不会刻意地逢迎讨好，即便身边有其他员工这样做时，他也只会躲闪到一边闷声不响。而就是这一点，更加深了她对小安的好感。

有一天她忽然意识到，为什么她那么喜欢看他笑起来的样子，就因为他微微上扬的嘴角跟她的父亲如出一辙。

随着时间的推移，小安偶尔会谈及自己的过往。夏欣芸因此得以透过他的只言片语，隐隐看清他大致的生活轨迹：出身于单亲家庭，母亲以开小吃摊为生，在老家找的第一份工作仅干了不到三个月，最大的理想就是在北京挣些钱后再回老家去。

毕竟身为小安的老板，夏欣芸说的每一句话、做的每一个举动背后，都包含着重重的顾虑。他知道她喜欢他吗？如果到现在还不知道，那要不要直接向他挑明？他会接受她吗？他接受她到底是因为他也打心底里喜欢她，还是仅仅出于对她地位的屈从，或者把她当作改变命运的一块跳板？她在纠结徘徊举棋不定，不过只要到了小安面前，这一切疑问又会被暂时抛诸脑后。她宁可把这种前途未卜的感情状态延续得久些再久些，也不希望因为她的急于求成让它戛然而止。有一天，她试探性地向小安提起，想把他介绍到朋友开的公司，每月的薪水高出不少，问他愿不愿去。小安摇摇头回答说，他在这儿干得挺开心，除非被她开除，否则哪儿也不想去。那一刻，夏欣芸心里涌过一阵暖意。

"倦了，累了，只想找一片幽静的所在，寄放自己的心灵。"夏欣芸在私密博文的结尾写道。谁料天不遂人意，因为她的不幸罹难，这份被她寄予厚望的感情，还未放飞便已折翼。

搜索结果二：夏欣芸最后一任绯闻男友劣迹曝光

就在夏欣芸保存在香港的冻卵离奇被盗之际，她生前最后一任绯闻男友、地位和年龄相差悬殊的安某也神秘失踪。这两件事之间是否存在关联？本报记者针对安某进行了多方调查，很快揭开此人过往生活的斑斑劣迹。

安某户籍所在地为江西萍乡。据居委会一位负责人告诉记者，安某九岁时父母离婚，他是由在街头摆摊卖豆腐脑的母亲带大的。不久前不知什么原因，其母卖掉了自家的房子，说是去广东投奔了亲戚，安某则只身到北京加入北漂一族。

一位看着安某长大的老街坊回忆，安某刚上小学时还很听话，但自父母一离婚就变得不爱学习，与社会上一些不三不四的人交往密切，很早就吸烟、喝酒、打架，巷子里没人敢惹他。

在一些昔日同学的眼中，安某脾气暴躁、行事猖狂，挨批评受处分是家常便饭。据说，当他勉强从当地一所杂牌大学混到一张文凭后，刚刚找到一份工作，没过几天就因为跟老板发生口角而被炒鱿鱼。

安某的大学同学、在北京工作的殷某也成了直接受害者。殷某说，不久前安某以丢了银行卡补办需要时间、手头暂时没钱为借口，请他帮忙找房子居住，找到房子刚住了半个月，安某却不辞而别，房东收不到拖欠的房租，只好要求殷某赔付。

以上种种，足证安某的人品。如果真如某些媒体报道过的那样，"瑜伽天后"夏欣芸生前曾恋上这位被描述成"天性淳朴、毫无心机"的安某，那肯定是被他刻意营造的假象蒙蔽了。而记者在采访中还获悉一条重要细节：名为北漂打工族的安某竟然早已办好澳大利亚的签证！

至此，相信每位读者都会在心里作出明确的判断，即冻卵被盗是安某所为，目的是向夏欣芸的养父养母勒索一笔钱财，然后潜往国外去过逍遥日子。因本报记者一时联系不上两位老人，无法取得确证，只能留待时间给大家一个最终的结论。

搜索结果：疯狂而"完美"的造人计划

发生在五个月前的夏欣芸冻卵被盗案，迟至日前才由香港警方成功告破。正当夏欣芸的养父养母赴北京五道口处理瑜伽会馆转让事宜，并取走女儿的部分遗物时，从香港赶来的两位警官在北京警方协助下，将夏欣芸的养母何熙凝带走调查。由此揭开的幕后真相，彻底颠覆了先前人们作过的所有断言、推想乃至最荒诞不经的臆测！

原来，沈熙凝因自身没有生育能力，不能为丈夫夏在贤留下亲生骨血，一直怀有深深的内疚。虽说收养夏欣芸极大地弥补了这一遗憾，但在这位养母心底依然留着难以抹去的隐痛。没想到夏欣芸在北京意外身亡，对养母来说唯一的慰藉也被无情地剥夺，她一时心碎欲裂。这时，她想起两年前曾陪回港休假的女儿去医院留下冻卵，一个大胆到近乎疯狂的计划在她心里迅速萌芽。

养母知道若将这一计划公开，一定会遭到所有人包括丈夫的非议和反对，于是不得不秘密行事，她首先以给丈夫体检需查染色体变异趋势为由，留取了后者的精液。随后，她雇人潜入看管松懈的医院，从冷冻库中偷出了女儿的卵子。接下去，她再买通一家医院生育中心的大夫，开始实施计划中最惊心动魄的部分——将丈夫的精子和女儿解冻后的卵子结合，再将受精卵植入自己的子宫中！

从制订计划的那天起，她便开始服用雌激素并注射孕激素，尽力将自己年近六旬的身体调整到适宜生育的状态。虽然这一做法有违名分上的伦理，但女儿毕竟是养女，而且在养母看来，这样做恰恰堪称完美——既使女儿的生命得到了延续，又给丈夫留下了后代，同时还让自己在有生之年终于一尝做母亲的滋味。

养母本想等到肚子里的孩子大到能拍出 B 超照片，再把这一消息告诉丈夫，好给失去女儿后情绪萎靡不振的后者一个惊喜，不料警方提前抓获了窃贼，查出她是幕后主使。

据最新消息，沈熙凝因怀有身孕被取保候审，目前正在位于香港湾仔的家中安心备产。

令人唏嘘的是，夏欣芸生前一直以养父为标准找寻自己的真命天子，却屡屡碰壁，至死都未能如愿。撇开伦理上的争议不谈，她的卵子和养父的精子结合，在某种意义上也算为她找到了心目中最理想的情人。这也许是对她在天之灵的最大告慰了。

顺带一提，几个月前一度失踪而被视为涉案嫌犯的安某，其实跟案情毫无瓜葛。原来他母亲看他在老家工作不顺，前途堪忧，这才忍痛卖掉自家的房子，非要用这笔钱送他去澳洲留学镀金。安某被逼之下，假装办好有关手续并已登机启程，其实却瞒着母亲留在了北京。据悉，母亲银行卡上的钱他一分未动，一心就想着打工多挣些钱，早日替母亲买回一套更好的房子。夏欣芸去世后，不断有记者来会馆采访，常常问及他们两人的关系，安某害怕媒体的刨根究底会捅破自己的秘密，不得已选择暂时消失，以至不可避免地引起人们的误会。

搜索结果：一场迟到的惩罚

半个月前揭开的冻卵被盗案真相，既令人意外和震惊，又令人同情甚至感动。人们相信对于生者和死者来说，这的确是一个近乎完美的结局，并都在心怀慈爱地翘首以待小天使的降临。然而谁又能够想到，后续的隐情中竟还埋着一颗炸雷，触响之后只会让人彻底崩溃呢？

对于夏欣芸的养父夏在贤来说，妻子的做法带给他的不是感动，不是欣慰，不是惊喜，反倒是错愕，是惊惶，是痛苦。植入妻子子宫中的那颗受精卵，无异于将一个最恐怖的噩梦变成了活生生的现实。

回到当年，夏欣芸的生母申氏随着偷渡潮来到香港，在一家小餐馆打黑工时，夏在贤常到这家餐馆应酬，一来二去跟申氏相熟。一次夏在贤大醉呕吐，是申氏替他清理干净身上的秽物。另一次警察前来查验身份，又是夏在贤帮申氏避过了风险。混迹于当地街头的一个小流氓，一直垂涎申氏的美貌，一天夜深快打烊时，将她诓到餐馆后屋，用药迷晕她后准备实施强奸。此时夏在贤因妻子不能生育，跟劝他离婚另娶的家族长辈们刚刚吵过一架，正在餐馆里一人喝着闷酒。他闻声过去赶跑流氓，见到申氏明艳动人的裸体，一时情难自控，竟趁着酒劲将她奸污。申氏从昏迷中醒来，还以为自己被流氓糟蹋，只想一死了之，被夏在贤苦苦劝住。不久申氏发现怀孕，夏在贤出于私心又极力劝她留下孩子。这之后，他常带着妻子前来用餐，谎称申氏因被流氓奸污而怀孕，激起妻子的深深同情。等到申氏快临产时被餐馆辞退，夫妇俩主动将她安排进一家医院，直到她生下女儿。申氏得知夫妇俩不能生育，又目睹他们对孩子流露出的无限爱意，暗自决定将孩子留给他们抚养。

就在申氏留下女儿不辞而别后，夏在贤的记忆仍会一次次被带回到那个失去理智的夜晚。三十多年来，他无时无刻不在受着道义的拷问和良心的折磨。然而，因为担心曝光真相会失去社会的尊重和妻女的热爱，他一直将这一秘密深埋心底，只能谎称夏欣芸的生父在她未出生时就已暴病而死，只能把对申氏的无限悔意化作对于夏欣芸的倾心关爱。这也正是为什么在夏欣芸的心目中，他的形象会那样完美，完美到足以让世间的一切男人相形见绌。然而，得知妻子将受精卵植入身体，他才蓦然意识到多年来他处心积虑想要逃避的惩罚，最终竟以这样一种不可思议的方式降临到他头上！

是的，一个最恐怖的噩梦变成了活生生的现实。活生生的，这个词在这里没有任何比喻意义。

让妻子打掉肚腹中日渐长大的孩子，就意味着残忍地掐断了逝去女儿的血脉传承；而留住孩子，又会将孩子推向未来生理和心理上都无法预料的巨大风险。剧烈的纠结几乎把他逼到发疯，直到几天前他终于来到警署自首。虽然早已过了追诉期，不致追究刑事责任，但他认定只有这样做才能使自己的良心得到解脱。

然而，他的自首与其说是为了求得良心的解脱，倒不如说是面对无法抉择的困境时的无奈之举。当最终的真相揭开，我们不知晓他妻子是怎样的心情，也不知晓夫妇俩将作出怎样的决定。

这时候，我们只能听到另一个世界里，夏欣芸发出的几声凄婉的苦笑。

■□　　　结束公安大学的四年学生生涯，我成了海淀分局刑侦大队的一名警探。虽然执行公务时，常需改换便服，我却无法消除耳轮上方的头发，被大盖帽箍压出的一道浅槽。

火焰的形状

结束公安大学的四年学生生涯，我成了海淀分局刑侦大队的一名警探。虽然执行公务时，常需改换便服，我却无法消除耳轮上方的头发，被大盖帽箍压出的一道浅槽。当然，我还是个刚过见习期的新手，配发的手枪挎在腰间，就像我对自己的岗位一样仍不适应。和大学时代种种惊心动魄的空想相比，凡我接触的案子，没有一样不让我感到失望。我的脚步，始终是在赌桌的一片狼藉，和雨后春笋般的地下色情场所之间不断徘徊。偶尔越出这个范围，也顶多只是破获个别不成气候的盗窃团伙。一到对付诸如杀人、抢劫、贩毒、绑票之类的重案，分局就会抽调精干警员，组成别动小组。不用说，这样的时刻我注定会受到冷落。经验，这是继忠诚之后，最重要的入选标准。而我徒有青春年少的冲动和激情，只会给侦破工作带来妨害。就让我把每天的一半时间用于散步、昏睡、读报和闲聊，而把另一半时间用于清点赌资，用于喝令风尘女子拉上她们乳罩的系带吧。我何时才能施展自己旷日闲置的智慧？我何时才能有所真正的作为呢？

一天深夜，正逢我在下放实习的五道口派出所值班，突然接到辖区内一户人家失火的报案。一位年近七旬的孤身老人，不幸命丧于烈焰之中。当摩托车拖着一尾青烟，把我载到荷清路边的出事地点，只见一幢住宅楼前的空地上，聚集着大片围观的人群。乍起于初冬时节的凛冽寒风，吹得这些人的身躯在大衣和披毯下面摇摇摆摆。顺着他们嘴里喷吐出的茫茫白雾，可以毫不费力地找到三层上那两扇黑黢黢的出事窗口。在楼门一侧，先期抵达的消防队员们正忙着收拾器具，准备撤离。其中一位显然是队长的人，一边陪我上楼，一边向我简略交代了一番灭火前后的情况。由于火灾发生时，全楼的住户都在熟睡当中，等到个别邻居被弥漫在空气中的烟味呛醒，火势早已失去控制。

　　消防队长手里，一支长柄电筒射出的强光，领着我们两个走进一个溽热、阴森、令人窒息的房间。浓烟似乎为墙壁和天花板结上一层厚壳。地上散落着各种不明来历的残渣碎屑。一排排有着茶杯口径与斑驳锈迹的粗丝弹簧，提醒我们其前身是一对年代久远的沙发。在劫难过去之后，客厅的旧貌已经依稀难辨。随即，我们转到面积稍小一些的卧室和书房。比较而言，书房所受的毁损最为严重。曾经占去整整一面墙的书架，烧得只剩几根岌岌欲坠的炭条。老人的尸体横陈在书房地板的正中央。他那细瘦的四肢，以一种在活人身上无法实现的奇异的弯曲姿势紧紧蜷缩起来，加以掩映在烟痕下的面容一派安详沉静，以至给我一种这样的感觉，他的死并非因为焰舌的吞舐，而只是被灼热吸干了体内的水分所致。他的体形似乎正随着时间的流逝同步缩小，似乎不把尸体从现场挪走，这一过程还会悄然而持续不断地进行下去，直到最后消于无形。

我仔细检查了一遍地板。离老人躺卧处不远，是沿着书架的残枝倾泻下来的书籍的灰烬。破窗而入的消防水龙，浇得它们湿漉漉的，使它们看上去就像刚刚被抛上陆地的藻类。我抬起一只脚，把灰烬向两边扒开。我的鞋尖马上受到一样硬物的阻挡。原来，灰烬下面有只取暖用的陶制火盆，盆底与盆口以一段向外凸出的圆润的弧线连接起来，其间还覆盖着一层暗绿色的彩釉。当探索向着盆内继续深入的时候，我不能不惊叹自己如此轻而易举便找到了今晚的火源。厚厚的纸灰，堆积在碎裂开来，焕发出有如晨空般微茫白色的炭渣上。令人难以置信的是，就在这堆纸灰当中，居然还残留着部分没有燃尽的纸片。俯下身去，我的目光立刻为那些纸片上手书的文字所吸引。它们潦草，密集，一些水渍浸染的地方同时还透出背面的斑驳影迹，一时让人很难辨清。

　　不过，借助电筒的亮光，我还是粗粗浏览了其中的一页。在四周被火吞噬之后，纸片的形状，自然是不甚规则的。

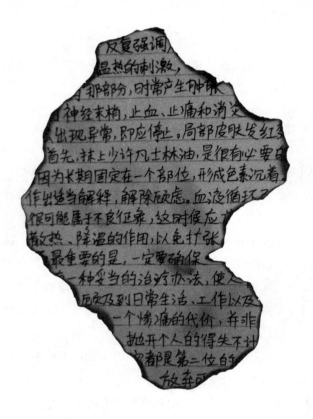

　　可以推断，这是老人从前作的笔录或者日记什么的。它的残
缺不全，它的混乱琐屑，无不强化了那种令人无所适从的感觉。
在我身边，一脸困乏、急于回去交差了事的消防队长，已经在满
有把握地替我结案。火灾，必定是老人焚烧这些东西时不慎引起
的。虽然在这点上我与他所见略同，可无论多么悲惨的场面，在
他来看都早已习以为常的那副样子，却叫我隐隐感到几分不快。
一个人倘若失去了对于死亡的敬畏，我不知道他的灵魂中还会剩
下什么。不过，话说回来，自从最后一束火苗在水花四溅中滋滋
熄灭，消防队长的分内职责便已宣告完结。

"是谁第一个进来的？"

在送他下楼之前，我手里电筒的光圈，顺势落在房门已经松脱下来的锁口上。

"邻居。"消防队长打着呵欠回答。

因老人之死萌发的道义上的同情，并不能抵消这起事故的平淡无奇令我感到的失落。老人与火，火与老人，在这两者之间，根本没给我的才干留有任何可供发挥的余地。不过，联想到两个月前，也是发生在派出所辖区内那起众所周知的惨案，我又开始凭空琢磨，事情或许并不像表面看来的那样简单。那一回，罪犯沿着墙边的水管潜入一户人家，轻易制服手无缚鸡之力的一对老年夫妇。先将家里的现金、各种有价证券及贵重物品劫掠一空，继而丧心病狂地在两位老人身上浇满汽油，点火将其活活烧死。案发之后，舆论沸然，分局领导数次下令刻期侦破此案。遗憾的是，虽然各级部门不断加大缉查力度，时至今天，找到的依然是些无足轻重的蛛丝马迹。这样，也就难免我会心血来潮地去想：会不会是逍遥法外的旧犯，在刚刚过去的那个夜晚故伎重演，或者另有亡命之徒，对作案路数刻意加以仿效？目标，依然对准没有子女陪伴的老人；手法，依然采用可以抹去一切痕迹的烈火；时间，依然选择月黑风高夜深人静。不同之处，在于这一次的现场有着自然的火源。然而，谁又能保证这不是罪犯使出的障眼法，恰恰说明其用心的缜密和险诈呢？

已有超过 20 年历史的整套房屋的特殊结构，加上一条狭长过道的阻隔作用，使得火势尚未蔓延到卫生间、厨房以及阳台。

对这些地方，包括各处门窗的勘查，并没有找出任何人为破坏的迹象。仅有的一处疑点，是在用玻璃封成一间小屋的阳台上。左侧的两扇窗户因为插销锈蚀，只能虚掩起来。难道，罪犯就是从这里登堂入室的吗？里外两边，并没有任何发现能够支持我的揣断。

从街道治保主任那里，我初步了解到老人的一些情况。沈希伦，1930 年出生，毕业于北京一所名牌大学，早年曾在该校历史系任教，后转到图书馆当资料管理员。据说，这一岗位的变更，与"文革"期间他一只眼睛的失明不无关系。个人生活方面，结过两次婚，和前妻生有一女。但女儿早被 80 年代的出国大潮冲卷到大洋彼岸，并且一去不回。眼下这套房子的女主人是他的第二任妻子，上月刚因脑溢血去世。她也是在和前任丈夫离异之后，再跟老人结合到一起的。她也曾与前夫生有一个儿子，恰与老人的情形形成某种有趣的对应。据治保主任介绍，多半由于没有直接的血缘关系，这对父子间的感情一直较为疏远。实际上，发生火灾后不久，居委会就有人打电话通知儿子，谁知后者竟然磨蹭到第二天早上才赶到医院，仅向继父的遗体作了一个敷衍性的告别。

治保主任一席话，理所当然地触发了我的职业敏感。翌日，我叩访了住在老人隔壁，以及楼上楼下的多户邻居。他们一致肯定，前一个晚上并没听到老人房里传出任何异样的动静，至少在他们入睡前一直如此。最早发现火情、打电话报警的是位开出租汽车的中年壮汉。他用脚踹开老人的房门，接着便和两位分别在邮局和印刷厂工作的小伙子，轮番端盆提桶向屋内泼水，以图遏止火势。在消防车由远而近的笛鸣声穿透楼外的沉沉夜色之前，他们的努力多少收到了一些成效。一个令我意想不到的发现是，绝大多数住户对于老人根本就不熟悉。而且，就连他们仅有的一点模糊印象，似乎也在那场突如其来的大火中给烧得支离破碎了。很多人回想不起最后一次见到老人是在什么时候，不知道老人退休前的职业，甚至连老人姓什么都不清楚。他们纷纷强调，造成这一结果的原因并非他们对老人漠不关心，而是老人自己那种拒人于千里的孤僻和倨傲。或许由于一只眼睛失明，而从神情中透出的分外阴冷，使得楼里的小孩们遇见老人时无不惊恐失色，往大人身后躲闪不及。有位在出版社当编辑的中年妇女，住在老人斜对过。在所有调查者当中，只有她提供了一条令我格外关注的线索。那还是半个月前，老人妻子去世后不久的一天，女人下班回来，恰好看见那位平常极少露面的儿子，刚刚叩开老人的家门。随后，隔着墙壁，能隐隐听见里边传出时断时续的争吵。有什么玻璃制品一类的东西给摔到地上，发出碎裂四散的脆响。再过一段时间，门被打开，又重重合上。在一阵急促的脚步沿楼道远去之后，气氛才算平静下来。

等到第三天，我从医院取回验尸报告。老人身上有多处程度不一的皮肉烧伤，但很难判断临死之前，是否曾受到过足以致命的暴力侵害。根据一位心血管专科大夫的诊断结果，老人的死因与其说是失火，倒不如归为急性心肌梗塞更为准确。从老人死时身体躺卧的方位和姿式来看，他根本无意从危难中逃脱。这或许能够说明，老人当时实际上已经失去意识。而心脏二尖瓣狭窄，心室肥大，胸痛发作频繁之类的症状，早已在老人病历上留下过连篇累牍的记载。即便他下定决心自杀，那也完全可以采取其他更为从容的方式。而火，而饱含着剧痛、癫狂、焦灼、煎熬的火，在熊熊焰心深处龛合着一扇小小永恒之门的火，我这么以为，它对于一位老人的意味未免过于沉重。

　　纵然大夫言之凿凿，我内心的疑惑仍未完全消除。我的思绪，不能不一再回旋于一个有如迷梦般的推测之上。老人突发的心肌梗塞，会不会是感情方面遭遇过于强烈的刺激所致？果真如此，又是什么使得老人一时情难自控呢？是入室行凶的窃贼，还是关系不睦的儿子？要不，就是那些散落火盆内外、残留下来的纸片？

街道派来的女清洁工开始打扫失火现场。按照我的吩咐，她将所有这类纸片从余烬中清点出来，集中交到我的手上。令人吃惊的是，它们竟有厚厚的一摞。从一些零星找到的封皮和外壳的残片判断，它们似乎出自多种年代不同，样式和规格也各异其趣的笔记本。对上面的字迹不下一番功夫，几乎看不出来自同一个人。它们仅仅只在烟熏火燎后的色泽上，达到了某种勉为其难的统一。枯黄渐次加深，向着纱幕笼罩一般的灰黑过渡。是啊，作为一名刚刚走上司法战线，急于建功立业的新手，我多么渴望自己的目光能够透过这片废墟，清晰地看到它从前的完整轮廓。然而每页纸上，作者都像是在不知所云。模糊不清之处太多，使人试图进行的读解屡屡为其中的只言片语卡壳。几页翻罢，我不禁有些心灰意冷。

　　就在这时，从随意抽出的一张，我读到了一段令我颇为惊异的文字。

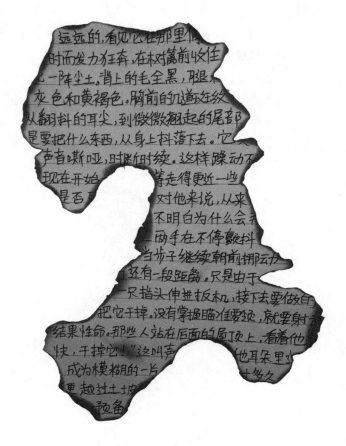

远远的，看见它在那里停……
时而发力狂奔，在木栅栏前收住……
……一阵尘土。背上的毛全黑，腿……
……灰色和黄褐色。胸前的几道斑纹……
从翻抖的耳尖，到微微翘起的尾部……
是要把什么东西，从身上抖落下去。它……
……声音嘶哑，时断时续。这样躁动不……
现在开始……情走得更近一些……
……是否……对他来说，从来……
……不明白为什么会有……
……两手在不停颤抖……
……当步子继续朝前挪动力……
……还有一段距离。只是由于……
……一只指头伸进扳机，接下去要做的白……
……把它干掉。没有掌握瞄准要领，就要射击……
结果性命。那些人站在后面的屋顶上，看着他……
快，干掉它！"这叫声……他耳朵里到……
成为模糊的一片……十多久……
……更越过土坡……
……预备……

　　与档案材料进行对照，确证以上文字均系老人手笔。这就使故事里提到的这名男子，以及他试图猎杀的某只动物，变得很是耐人寻味。这名备受老人关注的男子是谁？他与老人有何关系？他捕猎动物的意图究竟何在？在这张纸上，老人究竟是在凭空臆想之余信笔涂鸦，还是在不厌其详地记录一段曾经亲眼目睹的事实？这其中的隐情，大大激发了我深入探究的兴趣。

我当然清楚，就这一失火事件提出立案侦查的要求，无疑是非常可笑的。在派出所领导和同事们看来，这样一起再寻常不过的事故，充其量只能用来警告市民不可轻视冬季防火。不过，秉着年轻人特有的一股冲劲，以及渴望得到满足的好奇心，我决定利用工作的闲暇，继续围绕老人之死展开明察暗访。这时候，我发现自己的所做所为，已经渐渐越出有限的本职工作范围。也许，我仅仅是着迷于老人身世中，掩藏在那个故事下面的隐秘部分吧。

注意到他
……么远，去吧已经
……快，箭一般冲过来
……大喝一声，这使对方
……瞳仁浮在眼球的顶端，顿时
……忧悒、惶惑，在短暂的对视当中
鼻尖那里黑而发亮，口角的涎沫
垂下粉红的舌头。他站在板后，
从哪里下手，需要写上明确
……铅制子弹，火柴头的大小
……称不上一杆真正的猎枪
……时用来射鸟。从枪管中间
……压进枪膛。应该向哪里瞄准
身，后颈，还是两眼之间更致命？
更少的？痛苦？心脏在什么地方？脊骨下
前腿的内侧，还是脖颈的下端？看来他
等待，这有多不现实。依然寄希望于
反复比较和权衡后的结果

老人的儿子是个三十多岁的大块头，在一家小轴承加工厂担任劳资科长。他的妻子是刚从公交公司下岗的售票员，一个独生女儿刚上小学。他对我的突然上门表现出一种不加掩饰的冷漠。比如说，门在很长一段时间只打开半张脸的宽度；神色中的猜疑；我伸过去的手滞留空中半天，却又不得不徒劳而返。不是已经有了结论，老人的死属于意外吗？他拧着眉头，一件旧军大衣半秃的翻毛领一头直立起来戳到他下巴上。我不得不改变策略，表示说就具体负责调查的我个人而言，并未完全排除老人死于自杀甚或他杀的可能性。而且，我以故意外露的狐疑，生硬刻板的口吻，询问那晚火起之前，他是否曾去过老人家里。

"什么？"我的问题顿时惹恼了他。因为激动，他变得有点语无伦次。不，那天晚上他一直在家，除了下楼倒过一回垃圾，根本就没有出去过。妻子、女儿，对，还有几位和他通过电话的上级、同事、朋友，都可以替他作证。

"真的吗？"我装作对他的辩驳不置可否，又把话题转到一个月前，他在母亲死后与老人爆发的那场争吵上。我给他的感觉，就像是在争吵与死亡之间有根粗粗的纽带被我一把揪着了似的。他两眼瞪得圆鼓鼓的，问我是不是想说实际上是他害死了老人。而我回道，不管怎么说，他继父遗下的全部财物，包括那套房子，依照正常的法律程序，极有可能都会归入他的名下。综合这些情况，把他列为嫌疑人是一点儿也不过分的。

胡扯！他近乎咆哮起来，惊得身后的妻子赶紧过去把女儿的房门合上。他哆嗦着嘴唇，说是可以坦白地告诉我，他从没把老人当作过父亲，因为首先是老人从没把他当作过儿子。多年来他一直为母亲感到可怜，为什么偏偏会跟上一个疯老头子过日子。即便是下半辈子守寡，那也比天天忍受精神上的折磨要强啊！老人在心底深处，根本就看不起只有初中文化程度的母亲，更看不起母亲和一个铁路扳道工生下的他这个儿子。照他的说法，母亲完全是给脾气乖戾暴躁的老人一步步逼上死路的。不管老人是自杀还是他杀，他说，那都是理当得到的报应。至于要问那天，他为什么会上门去找老人，又为什么会与老人发生争吵，他的回答非常干脆，就是为钱。他就是想把属于母亲的那部分财产从老人手里夺回来，用到妻子下岗后急需贴补的家用，用到女儿开销不菲的培训费上去。至于说通过谋害老人性命来达到目的，他愤然表示自己的智力尚且达不到这么高的层次。但紧接着，他又以一种挑衅似的口吻说，我尽可以把他列作什么嫌疑人，如果我想调查他，那就尽管去调查好了。他只想奉劝一声，我最好还是省下这点工夫去找些正事干干。比如去查查这片小区三号楼的下水道里，为什么会飘上来一截断手；或者，住七号楼的一位女工，为什么会服安眠药自尽。

在这以后，谈话进行得极为不顺，几度陷入僵局。他一再强调，自从高中毕业参加工作进厂，他就再也没在原来的家里住过一夜。逢年过节，母亲有时会上他这里来看看他一家，他却一次也没去过母亲那里。也就是说，对于老人这些年来的生活，他的了解极为有限。把母亲只言片语的描述连缀起来，似乎给他留下一个这样的印象，那就是老人整天不是仰面朝天望着天花板怅然出神，就是大半个身子扑到桌上，靠着一只独眼在纸上拼命涂写。只有天知道他到底在想什么，又到底在写什么。说到与外界的联系，仅限于每天清晨搭公交车去附近的圆明园里散步一圈，以及固定于每月五号去单位领取工资和报销医药费。他可能和谁是朋友吗？噢，那除非对方也是个疯子。如果非要说他有什么对头的话呢？那就只能是生活中所有那些跟他无冤无仇的人啦！

"对了，"临出门前，我还剩下最后一个问题，"你母亲可曾跟你提过打猎一类的故事？"

"你说什么？什么打猎？"

"就是拿一杆枪，去射杀动物什么的。"

"没有啊。"儿子的脸上浮现出如坠五里雾中的表情，"你干吗突然想起这个？"

"没什么，"我摇摇头，"只是随便问问罢了。"

一声枪响，
乙侧身退开几步，还没明白
晃着尾巴在原地转圈，他不清楚到
命中之后，总该看到些什么。可刚才就
法忍耐的人，这种事情只能慢慢适应。也就是
失误，反而使他一颗悬着的心放松下来。因此
再一次扣动扳机，突然之间，感觉一股气浪
飞扬的尘土，被上的毛，就像麦芒那样竖起
低沉而压抑的嘟囔，它的四只蹄子样，向
终于发现，就在眼骨的中间，一小片毛
血，染得湿漉漉的，而且正在发展为
冲过来，上唇露出的牙齿可以
惊惶失措，子弹还来不及
断定它的意图，是想穿过
向远处跑开，眼下
却完全变了
不如

临到老人火化前的那天，他那位飘泊异乡多年的女儿，匆匆赶回了国内。在市中心一家酒店富丽堂皇的大厅里，我约见了这位被噩耗、时差和环境的转换弄得晕头转向的女人。她留着一头像苔藓那样茂密的短发，眼角几道粗粗的皱纹，会随着笑意的骤然加重，而绽裂出无数细小的分枝。这位任教于美国名校的化学博士，有一个蓝眼睛丈夫和两个混血后代的中年妇女，给人一种不同年代和地域特征集于一身的错乱感觉。以父亲为最首要的代表，她对于故地的回忆已经没有多少能够落到实处。她还隐约记得，她的童年曾经有过一个充满温暖与慰藉的开头。但自父母离异那年开始，她的生活便从一道斜坡上急转直下，坠入一场深渊般的恶梦里。算起来，她的亲生母亲去世一晃也有十年了。

"你上一次回国是在什么时候？"我问。

"五年前吧。那时候我脚下这块地方还是一片曲里拐弯的小胡同。"她不胜感慨地补充道，"变化太大了。"

"你觉得那时你父亲的精神状态正常吗？"

"怎么说呢，父亲一直就是那么个样子。我在这里只待了短短几天，然后就和丈夫去了外地旅行。再说他已经续弦，而我对他找的那个女人一点儿也不了解。来去匆匆，加上多年的分隔，我跟父亲几乎没有坐下来真正交谈过。我记得，即使我提起什么话头，父亲也宁愿保持沉默。我想，他的热情已经让过往的生活给耗尽了。"

"那你们最近有没有过联系？我是说，在他去世前的这段时间。"

"一个月前我给他写过一封信，但不知道他收到没有。那时我还不知道他的女人刚刚病故。"说到这里她叹了口气，眼睑一时合拢，就像是要阻挡那些哀愁的往事在意识之中继续穿行。

"你给他写的信他都回吗？"

"不，很少。大概一年一次吧。父亲家里一直没装电话，所以写信是我们联系的唯一方式。他的信总是写得短而又短。他好像害怕在我面前表露真实感情。要不是我曾给居委会留过一个电话号，那恐怕到现在我还不知道他的死讯。"

"好吧，"等她情绪稍稍缓和，我改换了一下话题。"请说说你父亲的那只眼睛。他那只眼睛是怎样失明的？"

"哦，具体原因我也不清楚。只知道是中了一颗子弹。"

"什么？中了一颗子弹？"

在这么多天盲目而徒劳的追索带给人的绝望情绪中，我的语气头一次变得有些激动。

"那还是父亲下放到农场，在那里接受劳动改造时出的事。"

"你的意思莫非是说，有人对着他的眼睛开了一枪吗？"

"我想是的。"

"那他有没有提过，那个开枪的人是谁呢？"

"没有。他对这件事从来绝口不提。我也不敢去问。"

一四周的篱色
这片果园，它跑不过
一瘸一拐，只有飞速跑动
的缺陷变得模糊。把子弹
停在一棵树下，揉眼，喘息
也许再有一次，也就该彻底
准它的眼睛，然后是它的后脑勺
它不停地沿着树对篱奔跑，非常机敏地
方式来闪避。偶尔，当它发现某处缝隙
疲劳的，无望的，想要钻出去的企图
它会渐渐明白过来。也许再有最后一次
手心很湿，几乎牢牢粘在了枪把上面
依然如此。那种哀鸣，在他耳
拒绝接受。也许最后一次
比它更需要仁慈，更
对自己有种厌恶

这么说来，被反复描述的这名男子，极有可能就是开枪射瞎老人眼睛的人。正如笔记里提到过的那样，那支枪使用的"铅制子弹"仅有"火柴头的大小"，"平时用来射鸟"，无论如何都"称不上一杆真正的猎枪"。或许，这就是为什么它有限的威力所带来的后果，仅仅是使老人的一只眼睛失明，而并未断送他的性命。至于它是否同时也给老人大脑造成过某种程度的损害，目前已经无从知晓。那么，这位在试图猎杀的对象面前显得如此脆弱和神经质的神秘男子到底是谁呢？为什么对他的一举一动，老人都饱含兴趣地细加窥觑，并且不吝笔墨地记录在案？

我走访了老人当年的一些同事，从历史系教授到图书馆工作人员。遗憾的是，时光的流逝早已将他们原本就很淡薄的印象冲涮得所剩无几。只有一点引起了我的注意，那就是人们描述中的老人，在不同的时期里简直判若两人。多年以前，当他还在讲台上执掌教鞭，那时的他纵论古今，每每口若悬河，放言无忌；而等到身着蓝色罩衫、推着小转轮车出没于层层叠叠的书架间时，他已变得神思恍惚，整日里低眉垂首、默然无语。

不久，那起受害对象是一对老年夫妇，因情状惨烈而广受瞩目的悬案，终于在全市公安部门的通力协作下得以侦破，两名罪犯同时落入法网。我翻阅了对他们进行审讯的记录，得知火起那天，他们正好流窜到北京周边一座城市作案。与此同时，经过多方调查证实，火起那天老人的儿子的确整晚在家。这就是说，他们都不在造成祸端的原因之列。

至此，我发现自己白白耗费了无数时光，却仍未解开老人之死在我心底留下的谜团。

206

现
安接
血滴在地　　　　就是来　死
追在它的身　　　子弹穿过了左
有木对阻挡,一些关键时刻,常常不得不放,要
己继续挣扎,对于双方来说,都是无法忍受自
打死它,这愿望还要持续多久?如果打它的那
更有效果。它的动脉在什么地方!如果朝肚皮
在跟跑奔跑。现在,他有些控制不住自
枪射出,他开始大叫大叫,笑起来的声
像是他自己。对,打落它的牙齿,
鼻子,打碎它的头骨,叫它脑浆四溅
只翘起的尾巴,打断它的腿,打它
屁臀,包括生殖器在内,还有
头的汗水,滴到了枪管
缕蒸汽,结局是唯
不想活着,休想

207

多日以后，由于投身一场席卷全城的扫除淫秽书刊和音像制品的行动，我渐渐淡忘了老人与他那个扑朔迷离的故事。就在一次对辖区内书摊报亭进行的突击清查中，我偶然结识了一位正在买一本时装杂志的姑娘。当时我跟她打趣说，警察的制服是一切时装中最具有代表性的一种。就这样，我们开始了往来。等到压路机从五颜六色的录像带上隆隆碾过，而火焰在小山一般的书堆上冉冉腾起时，我们俩的感情也近乎达到了沸点。很快，作为确定关系的步骤之一，我和姑娘都见过了双方的父母。上她家去的那天，别提我的心情有多紧张。在饭桌上，我甚至把姑娘爷爷的酒杯都给碰翻了。好在他只是呵呵一笑，一点儿责怪的意思也没有。的确，他是一位非常慈祥和善的老头。不知道是因为我的到来，还是满满一杯干红的作用，他的谈兴出奇地浓郁。为他的回忆所触动，我无意间又提到了那位死于非命的老人。让我万万没有想到的是，姑娘的爷爷与疑案中的老人竟是旧时相识。那一年，他们就是坐在同一辆东风牌大卡车上，下放到农场去的。开始的一段日子，他们甚至住在同一间窝棚里。他记得很清楚，当时每个人都必须写出与所定罪名相契合的交代材料。据说有关方面将视各人认罪态度的好坏，来确定劳动改造的强度和时间长短。所有人中只有老人一个拒不从命。他坚持认为自己是清白无辜的。于是，看管队拿出别人写的揭发材料让他过目。那些揭发者中除去他的妻子，还有好几个是他多年的至交。如此一来，他的精神几乎彻底崩溃了。他开始一份接一份地写出关于个人历史污点的交代材料，主动把所有能够想到的罪名都加到自己头上。姑娘的爷爷还记得，那时候看他变得痴痴癫癫，看管们都爱以肆意作弄他来取乐。

"他的左眼，就是那时候被弄瞎的吧？"我问。

"这个我就不知道了。我只在那里待了一年。我走之前，他除了精神有些异常，身体倒还是健全的。眼睛也没问题。你想，每天只要有空，就看见他埋头在那里写啊写的。"

"您看过他写的那些东西吗？"

"好像看过一篇他写的交代材料。当时觉得怪有意思的。在那上面他明明写的自己，读起来却像在说一个别的什么人。"

"什么？"我一反进门后勉力保持的恭谨有礼，大声惊呼起来。"您说什么？"

"就是这样。他写的是自己，可你读起来还以为他是在揭发别人呢！"

这一次，是我自己的酒杯翻倒在桌面上。我的思绪越过身边姑娘的嗔怪与她家人的惊疑，又一次飘飞到那个北风凛冽的夜晚。我隐隐看到一个白发苍苍的老人，用微微颤抖的手，把一本本色泽枯黄的笔记投进炭盆，投进红彤彤的火光所打开的那扇小小的永恒之门。

在那以后，偶尔一个人独处，我还会从抽屉的最深处翻出那堆故纸来。不为别的，只为细细玩味一番那翩然起舞的火焰的形状。

他接过枪来
...不知道那是一只狂犬
...咬伤多人，被他们赶进果园...
...今天的任务。这时候，只需要他...
躺在地上...奄奄一息，无论...
...中过多少子弹，需要数一数才能...
...那些人在后面...得叫它们彻底完蛋
...再说距离这么近...的只是一点...
...是什么，可以把枪口顶在它心口上面
...死亡只有先后不同，却没有本质区别！
...那阴森恐怖的目光。就在这时，意想不到...
...一跃而起，紧紧咬住他拿枪的手，疼痛...
...挣脱出来，掉转枪头，用枪托猛击它的...
...时候，一声闷响，像有无数石块飞进他...
...一块灼热的铁，钳住他的左眼，把他...
...飞快旋转。他模模糊糊觉得，他的...
...是他的伤口，一片被咬去的皮肉...
...躺在一起，和那条狗...
...的区别，他和那条狗...
...在这个时刻...
...他...